Hans Hellmut Kirst

Die Katzen von Caslano

Hoffmann und Campe

1. bis 20. Tausend 1977
©Hoffmann und Campe Verlag, Hamburg 1977
Umschlag Werner Rebhuhn
Satzherstellung EHAPA Verlag, Stuttgart
Druck und Bindearbeiten Richterdruck, Würzburg
ISBN 3-455-03733-X   Printed in Germany

Für Ruth –
die große Freundin
unserer kleinen Tiere

Inhalt

Über Katzen ist schon unendlich viel gesagt und geschrieben worden. Dennoch stößt man immer wieder auf Vorurteile. Nur wenige Menschen sind in
der Lage zu begreifen, mit wem oder was sie da
Umgang pflegen – und was die Katzen, diese eigen-
willigen Geschöpfe, von ihnen erwarten.

Es genügt einfach nicht, den Katzen lediglich ein
Aufenthaltsrecht im Haus des Menschen zuzugeste-
hen. Man glaubt dann vielleicht, etwas von ihnen zu
erfahren – in Wirklichkeit aber geben sie ihr Ge-
heimnis nicht preis. Um ihre Welt, sei es auch nur
zu einem Bruchteil, zu begreifen, muß man sie leben
lassen, wie sie wollen.

Und selbst das reicht noch nicht aus, wenn es darum
geht, ihre ganz besonderen Daseinsherrlichkeiten
mitzugenießen. Wer das will, der sollte sich ernsthaft bemühen, ein wenig mit ihnen zu leben. Es ist
ein Versuch, gewiß – aber er lohnt sich, wenn er gelingt.

Was sich bei einem solchen Versuch ergab, soll hier
beschrieben werden: Begebnisse, die manchmal fast

an Shakespeare denken ließen – Katzenkönigsdramen, Trauerspiele, ein Komödienreigen aus Liebe, Lust und Leid.

Möglich wurde diese Beschreibung nur durch eine langjährige, sehr behutsam, manchmal sogar mühsam geschlossene Freundschaft zwischen dem Berichterstatter – der in dieser Geschichte, mit den Augen der Tiere gesehen, als «Vater Mensch» auftritt – und einer Katze. Dabei schien es manchmal, als suche das Tier, «Wolli» genannt, Verständigung – als versuche es, sich mitzuteilen. Ob es in Wirklichkeit so war oder ob der schöne Anschein trog – ja, wer will das wissen?

Zumindest dies jedoch wissen alle erklärten Freunde dieser Tiere: Katzen verfügen, wenn sie es wollen, über Ausdrucksmittel von ungeheurem Nuancenreichtum, von hundertfacher Vielfältigkeit. Man muß nur bereit sein, sie möglichst genau und möglichst liebevoll zu beobachten.

1. Ausgangspunkte

Als in der Via San Michele in Caslano die sogenannte «Weihnachtskatze» erschien, begannen sich
sogleich zwei von vier anderen dort bereits lebenden
Artgenossen heftig fauchend gegen sie zu sträuben.
Sie wirkte mit ihrem schneeweißen Fell überaus dekorativ und war außerdem provozierend wohlge-
nährt – sie war vermutlich als Festbraten vorgesehen gewesen. Zwar wurde sie davor durch eine Ent-
führung gerettet – doch geborgen war sie damit
noch lange nicht.

Schließlich war auch sie nur eine von den vielen
hundert Katzen in Caslano – ein Einzelwesen, das
nun in ein wohlgeordnetes Zusammenleben von
Menschen und Tieren hineingeriet, in abgegrenzte
Daseinsräume und streng gewahrte Privilegienbe-
reiche. Und wenn Katzen auch eine möglichst weit-
gehende Freiheit über alles lieben – so lieben sie
doch vor allem ihre eigene. Der Spielraum dafür
war in Caslano erfreulich groß – unbegrenzt jedoch
war er selbst hier nicht.

Die Katzen von Caslano schienen zu wissen: wer
hier lebt, hat Feinde. Er stößt auf Hindernisse. Er
muß sich behaupten. Ein Problem, das sich täglich
von neuem stellt.

Gewiß war das der Grund dafür, daß die zahlreichen Katzen in Caslano stets lauernd wachsam
wirkten, immer angriffsentschlossen, hellhörig und

fluchtbereit. Sie hatten es schließlich nicht nur mit selbstherrlichen Menschen zu tun, sondern auch mit ihren hemmungslos dahinrasenden Autos, auf deren Fahrbahnen fast täglich Katzenleichen wie zerquetschter Abfall herumlagen.

Wäre das schon alles – nun gut, es ließe sich ertragen; von Katzen durchaus. Aber daneben gab es noch einige Rudel Hunde, die an allen Ecken zu lauern schienen. Doch selbst sie waren noch nicht das eigentliche Problem – jedenfalls nicht für Katzen, die zumeist schneller und geschickter waren als jene leicht zu dressierenden Menschenbegleiter und Jagdgenossen. Wesentlich gefährlicher jedoch, manchmal sogar lebensgefährlich, waren einige Geschöpfe ihrer eigenen Art.

Das waren zwar nicht unbedingt gleich jene, die mit ihnen im gleichen Dorf lebten und denen die Katze Wolli tagtäglich begegnete. Sie ließ sich, allerdings erst in einem sehr fortgeschrittenen Stadium ihrer Freundschaft mit den Menschen, gern von ihm durch das Dorf fahren; sie hockte dann auf der Rücklehne des Autos und blickte durch die hinteren Seitenfenster. Dabei stieß sie Laute aus, die sich anhörten, wie wenn jemand mit Angehörigen, ja Verwandten spricht; es klang, als unterhielte sie sich mit einem ausgedehnten Familienclan.

Tatsächlich schienen zwischen allen Katzen von Caslano enge verwandtschaftliche Beziehungen zu bestehen. Dabei dominierten drei Hauptgruppen.

12

Einmal, mehr am See, die vorwiegend schwarzen, nur leicht weißgefleckten Exemplare, die seltsame Zeichnungen aufwiesen: weiße Nase, weiße Pfoten, weißes Hinterteil. Dann, zweitens, zumeist in Bergnähe, die raubtierartig gestreiften Geschöpfe, deren Fellzeichnungen an Leoparden und Luchse erinnerten; zu ihnen gehörte auch Wolli. Schließlich dann, weit seltener vorkommend, zumeist in der Dorfmitte, die sogenannten Dreifarbigen, die nicht nur schwarz und weiß gefleckt waren, sondern auch rot – in verschwenderisch schillernden Tönen: rostrot, feuerrot, herbstblattrot, blutrot.

Außer diesen drei Katzenclans von Caslano gab es dann auch noch andere: dickfellige, zäh-verfilzt wirkende Tiere in dunklen, erdbraunen und nachtgrauen Farben; sie hatten grellfunkelnde Augen und, wie es schien, stählerne Sehnen und Sprunggelenke. Auch gaben sie Laute von sich, die bedrohlich klangen und manchmal sogar an kriegerische Angriffssignale erinnerten.

Bei ihnen handelte es sich um sogenannte «Wildkatzen». Sie lebten in den Waldgebieten dicht um Caslano, unermüdlich lauernd zwischen schroffem Felsgestein und verknorrtem Unterholz. Ein enormer Daseinswille schien ihnen gegeben; dazu erhebliche Körperkräfte und verwegener Spürsinn. Und die prächtigsten – und wildesten – Exemplare dieser Gattung zeugten immer wieder in die Clans der Katzen von Caslano hinein.

In besonderem Maß gelang dies einem dieser stattlichen Urgeschöpfe: einem Monstrum von einem
Kater, den Wolli später mit einer höchst ausdrucks-
vollen Pantomime zu imitieren verstand – mit haar-
sträubendem Abscheu, aber auch nicht ohne den ge-
botenen Respekt. Beides, Abscheu und Respekt, äu-
ßerten auch einige Menschen in der näheren Umgebung, die das mächtige Tier gleichfalls kennen-
lernen mußten. Sie nannten es «Attila», was wohl
mehr scherzhaft gemeint war, sich jedoch als eine
nicht unberechtigte Bezeichnung erwies.

Wir zumindest bekamen es zu spüren, als Attila, dieser gewaltige, verdächtig früh zur Sage gewordene
Kater, auch in das Haus an der Via San Michele
einzudringen versuchte. Er erlaubte sich, ein äußerst heftiges Interesse an unserer «Weihnachtskatze» anzumelden. Was sich daraus ergab, war wohl
nicht gerade unüblich, in seinen katastrophalen
Auswirkungen jedoch kaum voraussehbar.

2. Versuch einer Ortsbeschreibung

Das Dorf Caslano liegt im Süden der Schweiz – im
Kanton Tessin, wo italienisch gesprochen wird. Hier
werden die Katzen «i gatti» genannt. Das klingt
ziemlich eindeutig nach einer Bezeichnung vorwiegend femininer Wesen. Und eben diese schienen

denn auch hier vorzuherrschen. Diese Katzen wurden von einigen, offenbar nur wenigen Katern alljährlich zweimal «in andere Umstände» gebracht. Das geschah regelmäßig und mit bestem Erfolg im Frühling; im Herbst jedoch weniger überzeugend. Dabei wurden zumeist Katzen geboren, also ungleich seltener Kater. Die Mehrzahl aller auf Mauern hockenden, durch die Wiesen schleichenden, über Hausdächer dahintänzelnden Geschöpfe jedenfalls war eindeutig weiblichen Geschlechts.

Ob diese Katzen glücklich waren, mochten ihre Götter wissen. Dennoch wirkten sie zumeist recht zufrieden. Die Menschen von Caslano ließen und lassen sie leben – sie traten und treten nicht nach ihnen, warfen oder werfen ihnen nichts nach; vielmehr war und ist es, als blinzele man sich gegenseitig freundschaftlich an. Doch sobald Attila auftauchte, schien selbst bei den gelassenen Menschen von Caslano eine gewisse Unruhe aufzukommen.

Sonst jedoch kann man die Bewohner dieses malerischen Dorfes glücklicherweise selbst jetzt noch nicht als «zeitgeisthörig» bezeichnen. Vorwiegend handelt es sich bei ihnen um Weinbauern und fleißige Feldbesteller; aber auch um Fabrikarbeiter, die etwa Kugelschreiber, Schokolade oder Glühlampen herstellen. Nach, manchmal sogar während ihrer Tagesarbeit trinken sie gern ein Glas Wein, bevorzugt Merlot, oder auch einen Schnaps, Grappa genannt; ein kraftvolles, erdig duftendes Obstprodukt.

Ein Betrunkener jedoch oder gar ein Volltrunkener war noch nie in Caslano erblickt worden. Jedenfalls kein Ortsbewohner; aber auch nicht einmal ein sogenannter «Tourist» oder ein Zugezogener. Man pflegte hier wohl stets gern, aber niemals hemmungslos zu trinken. Wenn ein Fremder es dennoch versuchte, wurde er stets rechtzeitig daran gehindert.

Auch das kam den Katzen und Katern von Caslano zugute. Belästigungen oder gar Zugriffe besoffener Zweibeiner blieben ihnen so gut wie erspart. Und das schienen sie zu wissen.

Caslano liegt fast am Ende des Luganer Sees, der auf Landkarten wie ein Röntgenbild komplizierter Darmwindungen aussieht. Doch für den, der dort leben durfte, schien alles klar und übersichtlich: die Wege im Dorf waren schnurgerade, die Häuser mit ihren Menschen überschaubar, die Tiere in und bei ihnen mühelos erkennbar und vertraut.

Das galt auch für die Katzen. Mindestens ein Dutzend lebte bei Signora Maria auf dem Hügel; sie hatte ihren Garten in einen Spielplatz für Katzenkinder verwandelt. Andere, kaum weniger an der Zahl, gehörten zu der Motorradwerkstatt Boni mitten im Dorf; sie räkelten sich dort auf den täglich neu im Freien aufgestellten «Feuerstühlen» – ein kräftiges, schwarzes Geschöpf etwa bevorzugte eine amerikanische «Harley-Davidson», eine langhaarige Gelbe schien auf die japanische «Honda» speziali-

16

siert, und ein kraftvoll gefleckter Kater war wie versessen auf eine bayrisch-deutsche «BMW».

Weiter dann, mitten im Dorf, bei den Torbögen, die zu den verborgenen Hinterhöfen führten, wohnte Signor Ernesto, ein Mann mit einem kleinen, stark hinkenden Hund unbestimmbarer Rasse, bei dem zahlreiche Katzen hausten – er nahm sie sogar in Pension. Nicht allzuweit davon entfernt – bei der «Marienquelle», dicht beim Gotteshaus, einer bevorzugten «Tankstelle» für Hunde – betätigte sich der Kirchendiener als Katzenpfleger: verirrte Tiere wurden ihm zugeführt, vermißte stets zuerst bei ihm gesucht. Eine ältere Frau, Signora Elvira, machte täglich, kurz vor der Dämmerung, eine Dorfrunde – falls es dann in Caslano noch eine hungrige Katze gab, wurde sie gefüttert.

Seltsam, ja fast unverständlich war ferner die seltsame Existenz eines eifrigen Betreuers von Kleinkatzen. Es war ein Kater, «Felix» genannt; ein pechschwarzes Wesen mit einem fünffrankengroßen weißen Fleck über den Augen und vier weißen Füßen. Dieser Felix, von dem nicht zu ergründen war, zu wem er gehörte, pflegte in einer abgelegenen Seitenstraße eine Steinbank unter einem Weidenbaum zu besetzen – und mit ihm, ein wenig hinter ihm, zwei bis fünf rührend zarte Katzenkinder, für die er sorgte.

Also: kaum ein Haus in Caslano ohne Katzen. Der Inhaber der Glühlampenfabrik hatte drei; der Ver-

walter der kleinen Wollspinnerei nur zwei. Die
«gnädige Frau» in der Parkvilla begnügte sich mit
einer, die allerdings von edelster Rasse war, also keine «Einheimische»; für sie wurden mit einem Rolls-
Royce von Mailand besondere Delikatessen herbei-
gefahren. Doch nur wenige Meter entfernt war die
Katzenwelt von Caslano wieder in Ordnung; in der
Via San Michele lebte «unser Rudel» – mal vier,
mal sieben Exemplare.

So also sah es damals in Caslano aus – und noch
heute ist es glücklicherweise nicht viel anders; es
könnte auch noch einige Zeit so bleiben. Wobei
wohl nur noch, der besseren Orientierung wegen,
hinzugefügt werden sollte: das Dorf liegt ganz am
Ende des Luganer Sees – dicht bei einem der großen
Grenzübergänge von der Schweiz nach Italien: bei
Ponte Tresa.

Von Caslano aus war Ponte Tresa in einem knappen
Viertelstundenspaziergang zu erreichen. Katzen
hätten es gewiß noch weit schneller erreicht – wenn
sie es gewollt hätten. Aber sie wollten es nicht. Sie
hätten dann nämlich eine der berüchtigten «Katzen-
mörderstraßen» überqueren müssen. Und eben das
schien ihnen klar zu sein.

So kam es, daß Caslano zwischen See, Hauptstraße
und Berg, zu einem eng begrenzten Brutofen oder
auch Schmelztiegel für Katzen wurde. Was sich da
so alles zusammenbraute, war ebenso phantastisch,
wie es dramatisch werden sollte.

18

3. Eine Katze namens Wolli

Die Katze, die Wolli genannt wurde, schien auf den
ersten Blick ein Neutrum zu sein. Sie war steingrau-
erdgrau gestreift und eher klein, fast zierlich-grazi-
ös. Das Bemerkenswerteste an diesem höchst eigen-
artigen Tier waren seine schönen, großen, stets eindringlich fragend blickenden Augen.
Wolli war, wie wohl jeder oberflächliche und schnell
entzückte Betrachter zugegeben hätte, das denkbar
ideale Werbegeschöpf für Katzennahrung; weder
blendend überzüchtet, noch irgendwie eigensinnig
oder selbstgefällig. Sie wirkte vielmehr lieb. Überaus
lieb. Doch gerade darin konnte man sich täuschen.
Denn im Grunde ihres Wesens war Wolli ein Geschöpf von phantastischer Eigenwilligkeit. Nur
eben, daß man ihr das nicht ansah und sie es auch
nie zeigte. Sie gab sich vielmehr äußerst scheu, zumeist geradezu ängstlich; sie wich jeder Berührung
durch einen Menschen aus. Doch wem es gelang,
sie ein wenig näher kennenzulernen, was immerhin
einige Jahre dauerte, der kam zu der Einsicht, daß
diese so schöne, scheue, so überaus lieb erscheinende
Wolli vermutlich das katzenhafteste Wesen war, das
jemals in den Lebensbereich von Menschen gelang-
te.
In diesen Bereich kam sie vielleicht nur, um sich –
auf möglichst angenehme Weise – zusätzlich ver-
pflegen zu lassen. Was sie jedoch nicht im gering-

sten daran hinderte, ihr eigenes, faszinierend intensives Katzendasein zu leben – und zwar mit geradezu raffinierter Heimlichkeit.

Sobald Wolli sich unbeobachtet glaubte, kam ihr Wildtierinstinkt zum Vorschein. Nicht etwa, daß sie mit erregt zitterndem Schweif ihrer Beute nachjagte – nein: sie lauerte ihr lässig auf.

Sie saß dann völlig regungslos, mit ihren großen, sanften Augen behaglich in die Sonne blinzelnd. Und dann schlug sie zu – es mag wie ein Gemeinplatz klingen: wie ein Blitz aus heiterem Himmel!

Nichts und niemand war dann vor ihr sicher: keine Maus, keine Eidechse, kein Fisch. Nicht einmal die in dieser Gegend anzutreffenden giftigen Vipern – dunkelschmale Feuchtigkeitsliebhaber mit einem Dreieckskopf. Ihretwegen wurden, sehr berechtigt, in zahlreichen Tessiner Kühlschränken Gegengiftampullen gelagert. Doch allein in einem trockenen Sommer erledigte Wolli drei von diesen todbringenden Geschöpfen.

Wohl nur sie allein war, auch wenn alle Äußerlichkeiten dagegen zu sprechen schienen, die Vollendung einer – wenn es das gab – katzenhaften Geistigkeit. Eine große, wenn auch äußerst verschwiegene Persönlichkeit ihrer Welt. Was sie zu wissen schien, aber nie zu erkennen gab.

Wohl nur Wolli gelang es, sogar Attila, den Schrekken von Caslano, zu durchschauen und auf seine männliche Mächtigkeit richtig zu reagieren.

Und nur das befähigte sie, den später folgenden Katzenkrieg nahezu unbeschädigt zu überstehen.

Und eben diese Vorahnung kommender Erlebnisse war es dann wohl auch, die ausgerechnet das katzenhafteste unter unseren Katzenwesen dazu brachte, sich mitteilen zu wollen – und zwar möglichst noch rechtzeitig. Wolli, die bisher kaum jemals einen Laut von sich gegeben hatte, suchte ganz offenbar Verständigung. Sie teilte sich mit – auf ihre Weise.

Ausgelöst wurde dieser Versuch vermutlich durch eine mehrjährige, behutsame, mithin niemals fordernde Freundschaft. Also: kein plumper Annäherungsversuch, keine gönnerhafte Anrede, keine breite Genugtuung bei der Verabreichung von Speise und Trank; sogar ein dezentes Wegschauen, wenn Wolli bei starkem Regen ihr kleines Geschäft in der Sandkiste verrichtete, gehörte dazu.

Nicht unwesentlich auch: die tägliche Begrüßung, ohne jede anbiedernde Vertraulichkeit – ein freundliches Winken, ein «Hallo, Wolli», vielleicht auch noch der Zusatz «Wie geht es unserer Schönen?» – das hatte schon alles zu sein. Und selbst das schien sie zunächst zu überhören.

Doch eines Tages blieb sie stehen, und es war, als lausche sie solchen Worten mit ganz großen Augen. Monate später schien es dann, als nicke sie, andeutungsweise; jedoch fast grüßend. Und wieder vergingen Monate, bis sie dann einen Laut ausstieß, der nichts anderes bedeuten konnte als bejahende Zustimmung. Und damit schien, wie man so sagt, das Eis gebrochen: Wolli ließ sich auf engere Kontakte ein.

Keine Frage, daß dies den Berichterstatter – Vater Mensch also – sehr beglückte: sie schien sich ihm anvertrauen zu wollen! Und Wolli ließ ihn gern in diesem Glauben, um ihn einzustimmen und schließlich zu aktivieren. Für ihren großen Plan.

4. *Ein bedrohtes Idyll*

Wolli, die scheinbar sanfte, scheue Katze, war selbstverständlich der Ansicht, im Hause die Nummer eins zu sein. Daß dort noch Menschen lebten, und zwar drei, übersah sie großzügig; und die beiden Hunde zählten für sie nicht, was Rangordnungen anbelangte. Allerdings gab es da noch ihre Schwester, auf die Rücksicht zu nehmen dringend geboten schien.

Diese Schwester, nur wenige Sekunden nach Wolli geboren – im Hause der Signora Maria auf dem Hügel –, war ihr auf eine geradezu frappierende Art unähnlich. Niemand, dafür wird jede Wette angeboten, würde die beiden Katzen für verwandt gehalten haben. Schon rein äußerlich waren sie wie Feuer und Wasser, Sturm und Sonne, dämonische Nacht-

22

tiefe und aufleuchtendes Morgenrot. Denn diese Schwester, «Wubbel» genannt, hatte ein sargschwarzes, zumeist heftig gesträubtes Fell mit einigen weißen Flecken – und ihre Augen waren lodernd gelbgrün. Sie schien ständig bereit, sich in Szene zu setzen. Fordernd stelzte sie umher, unentwegt nach jemandem Ausschau haltend, den sie zu ihrem Feind erklären konnte.

Durch diese unentwegt demonstrierte Raufbereitschaft und Angriffsfreudigkeit wurde Schwester-Katze Wubbel schließlich mit zum auslösenden Element für Ereignisse, von denen noch zu erzählen sein wird. Denn Wubbel war von geradezu irrwitziger Entschlossenheit, wenn es darum ging, Rangordnungen aufzustellen und Vorrechtsansprüche zu behaupten.

Wobei wohl nicht ganz unwichtig ist, zu berichten, daß Wubbel zu den wenigen Katzen gehörte, die ihrer Stimmung durch Laute Ausdruck geben. Sie tönte fast ständig, und dazu noch ziemlich lautstark, vor sich hin – sie meldete sich an, gab Warnsignale von sich, verkündete ihren Unwillen. Letzteres schien ihre Lieblingsbeschäftigung zu sein, jedem und allen gegenüber – ohne Ausnahme ihrer Artgenossen, aber auch nicht von Hunden oder Menschen.

Wubbels Ausdrucksvermögen war von staunenswerter Vielfältigkeit. Sie konnte maschinenhaft schnurren, sie vermochte zu röhren wie ein weit entfernter Hirsch während der Brunstzeit, und manchmal jauchzte sie vor sich hin, als empfinde sie unbändige Freude; sie konnte aufknurren wie ein gereizter Hund und fauchen wie zwei Kater zugleich – freilich nicht ganz so stark wie Attila allein.

Es war, als versuche Wubbel unablässig Geschichten zu erzählen. Doch niemand verstand sie – außer Wolli vermutlich. Und nicht zuletzt deshalb kann angenommen werden, daß Wolli sich mit einem Menschen zu verständigen suchte: nämlich um ihre eigenwillige, also wohl stets gefährdete Schwester zu beschützen. Und sich dazu.

Denn im Hintergrund lauerte Attila.

5. Erste Nachrichten über Attila

Dieses stattlichste aller Urgeschöpfe unter den Katzen von Caslano war in nur wenigen Jahren bereits zu einer Art Sage geworden. Es lebte irgendwo auf dem Kegelberg Sassalto, der über dem Dorf einige hundert Meter aufragte: hartes Gestein, dicht verfilztes Gestrüpp, schroffe, für Menschen kaum zugängliche Felsplatten. Also: Tausende von Schlupfwinkeln für Katzen.

Von dort aus erschien das Tier dann in unserem Dorf. Es brach ein, könnte man sagen; es stürzte sich auf alles, was ihm dabei in den Weg geriet. Einfach kein Hindernis, das von ihm anerkannt wurde. Dabei gab es, soweit das zu überschauen war, nur eine Ausnahme: der kleine, fast zierliche Schwarzkater Felix, der Beschützer der Katzen-Kleinkinder, vor denen er auf seiner Steinbank unter der Weide zu sitzen pflegte. Sobald in seinem abgelegenen Bereich ein Mensch oder ein Hund auftauchte, oder sogar ein Mensch mit Hund, verließ Felix seinen Platz und begab sich an den Rand der Straße. Hier stellte er sich dann abwehrbereit auf – mit gekrümmtem Rücken, zunächst noch ohne zu fauchen, wobei seine Kleinkatzen regungslos und gelassen im Hintergrund hockten. Felix, der kleine tapfere Kerl, wurde im ganzen Dorf hoch geachtet.

Und selbst von Attila wurde er, wenn auch nicht gerade respektiert, so doch nachsichtig geduldet. Die Katzenklippschule des Katers Felix interessierte ihn offenbar nicht sonderlich – er war auf Frauenjagd. Und dafür ließ er sich einiges einfallen.

Vor diesem Kater – alsbald ein bevorzugtes Gesprächsthema der Dorfbewohner in der «Osteria del Batello» beim roten Merlotwein – zitterten, so hieß es, nicht nur fast alle Katzen von Caslano; sogar Hunde, selbst zentnerschwere Bernhardiner und muskulöse Boxer, wichen vor ihm zurück. Ja, dieses Mammutwesen wagte es sogar, Menschen anzufallen – falls ihm das als notwendig erschien, um über sie an die Katzen heranzugelangen.

Doch das war nicht der einzige Höhepunkt jener furiosen Machtkämpfe, die vermutlich nur Wolli erahnt und befürchtet hatte. Und das wohl nicht zuletzt nach den eindeutig herausfordernden Reaktionen ihrer Schwester Wubbel, die sich für den Angriff entschied – wohl weil sie ihn, wie ein preußischer Generalstabschef, sogar diesem Kater gegenüber für die beste Verteidigung hielt.

Sie stellte sich ihm bei seinem ersten Erscheinen in unserer Nähe prompt wild fauchend entgegen – und zunächst sogar mit einigem Erfolg. Denn wenn Wubbel zum Angriff überging, rauschte ihre Haarfülle auf wie eine Landsknechtsfahne; ihre Augen sprühten gletscherkalte Feuer. Irgendwie gelang es ihr, selbst Attila zu beeindrucken; er wich vor ihr zurück.

Die Bewohner von Caslano nannten diesen Wildkater – nicht ohne augenzwinkernde Anerkennung seiner Zeugungskraft – ein «fürchterlich prächtiges Kerlchen». Sobald Wolli ihn jedoch gewittert hatte, war sie verschwunden. Dann konnte man sie in den äußersten Ecken der Kellerräume finden, und ihre Augen erschienen noch weit größer als sonst. Sie fürchtete sich vor Attila.

Und gleich die erste direkte Begegnung des Berichterstatters mit diesem Kater reichte aus, um zu verstehen, warum alle ihn «Attila» nannten. Er glich ihm: dem Hunnenkönig, der die ganze Welt – mit Gewalt – zu beherrschen strebte.

6. *Wolli sucht Mitstreiter*

Ausgerechnet Wolli, die sich jeder menschlichen Berührung entzog, erwies sich schließlich als ein Wesen von großer Aufgeschlossenheit. Und natürlich hatte das seine Gründe. Sie suchte nach einem möglichst kraftvollen Beschützer – auch wenn es nur ein Mensch war; zwar ohne jeden Tierinstinkt, aber doch mit einigem gutem Willen.

Ihre Annäherungsversuche begannen eines Vormittags zu Frühlingsanfang, draußen in blendend kaltem Sonnenlicht. Abermals stieß Wolli ihren bejahenden Grußlaut aus. Doch diesmal entfernte sie sich nicht, um zu ihren Fischgründen am Seeufer hinüberzutänzeln. Vielmehr hockte sie sich vor Vater Mensch nieder.

Sie blieb sitzen – in einigem Abstand, versteht sich – und blickte ihn an. Ihre großen Frageaugen signalisierten unverkennbar eine Art Verständnisbereitschaft. Mehr geschah zunächst nicht. Doch dies wiederholte sich Tag für Tag – nahezu wochenlang; nach Jahren freilich unsicherer Bekanntschaft.

Sobald Vater Mensch etwa versuchte, sich ihr auch nur ein wenig zu nähern, wich Wolli prompt aus. Allerdings nun nicht mehr zurückschreckend oder fluchtbereit, sondern wie auf ein Ziel zu, das irgendwo in der Nähe zu liegen schien. Und ihre Blicke schienen zu besagen: komm mit – bitte! Ich will dir was zeigen!

Dabei schien es sogar, als erhöbe sie die linke Vorderpfote und deutete mit ihr eine gewisse Richtung an. Es wirkte wie eine Aufforderung, sie zu begleiten – vielleicht könne sie Vater Mensch etwas zeigen, das nicht nur für sie, sondern auch für ihn interessant wäre.

Vermutlich war das die erste Phase von Wollis Bereitschaft, eine gewisse Zusammenarbeit mit einem Menschen anzustreben. Sie zeigte sich sozusagen entgegenkommend: sie ging auf die Tierschutzbestrebungen der Menschenfamilie ein.

Zum Beispiel führte sie den gewonnenen Komplizen, jedoch ohne sich berühren zu lassen, zu einer kleinen, im Hartgras hinter dem Zaun angelegten Höhle. Dort versuchte eine Familie von Graumäusen zu überleben – was nicht ganz einfach war, denn Schwester-Katze Wubbel lauerte dort herum. Sie wurde mit «Machinata», also rohem Hackfleisch, besänftigt – ein Kilo davon, auf drei Tage verteilt, reichte erfahrungsgemäß aus, ihre Raubtierinstinkte vorübergehend zu dämpfen.

Das nächste Objekt, auf das Wolli aufmerksam machte, war ein Rudel Eidechsen an der Hausmauer – Geschöpfe, die sich stets verfolgt glaubten, und zwar nicht nur von unseren Katzen. Für sie wurde unverzüglich eine Trennwand aus Schilfgeflecht angebracht, hinter der sie sich bei versuchten Zugriffen schnell in Sicherheit bringen konnten.

Übrigens schien es, als suggeriere Wolli sich dabei

ein, sie werde bei der reichlichen Verpflegung in diesem Hause allemal satt. Wenn also die Menschen, die mit darin wohnten, sonst noch jemanden leben lassen wollten, dann sollten sie es nur tun. Selbst wenn es sich um Schlangen handelte, die im Ufergestrüpp am See ein Nest hatten. Es wurde – um die einen Tiere vor den anderen zu schützen – unverzüglich mit Ziegelsteinen umstellt.

Und es hatte durchaus den Anschein, als lächele Wolli bei solchen Aktionen ihren Begleiter an – nahezu verständnisinnig und nicht ohne dankbare Anerkennung: der war nicht nur brauchbar, sondern auch mit einem erfreulich guten Gefühl für Katzenempfindsamkeiten ausgestattet; sein Interesse artete nie in Vertraulichkeit aus.

Erst danach schien Wolli bereit zu sein, zur zweiten Phase ihrer offenbar geplanten Zusammenarbeit mit einem Menschen überzugehen. Sie versuchte, ihm zuzuhören, und machte darüber hinaus erhebliche Anstalten, sich ihm mitzuteilen. Dabei entwickelte sie bald ein stattliches, lautmalerisches Vokabular: Töne, die wie Worte waren.

Doch inzwischen war es Winter geworden – ein kalter, nasser, grauer Winter. Das war keine gute Zeit für Katzen, und schon gar nicht für Wollis feingesponnene Pläne. Denn als nicht ungefährliche Störung erschien noch ein weiterer Kater – ein ganz anderer als dieser Attila.

Er bekam den Namen Schnuff.

7. Die Leiden des jungen Katers

Vielleicht hatte Wolli sich überlegt, daß als Gegenspieler eines Katers – selbst wenn es sich dabei um Attila handelte – nur ein Kater in Frage kam. Gegen den war jeder kraftvolle Beschützer willkommen – freilich unter der Voraussetzung, daß er von Wubbel als Clansmitglied aufgenommen wurde.

Das wäre gewiß nicht der Fall gewesen, wenn hier nun ein breitspuriger Kater mit verdrängendem Besitzanspruch aufgetaucht wäre. Wubbel, die sich zur Beherrscherin des Hauses erklärt hatte, wäre sofort energisch gegen ihn angetreten. Das jedoch hätte nur, wie Wolli richtig erkannte, zu Streit in den eigenen vier Wänden geführt. Aber draußen lauerte Attila. Irgendwann würde er das Katzenidyll in der Via San Michele entdecken – und dann einbrechen. Und wie denn oft Glück und Unglück eng beieinander liegen, war auch das Auftauchen des später Schnuff genannten Katers ebenso effektvoll wie rührend; es war dramatisch und tragisch zugleich. Es begann, als in Caslano ein erster kalter Winterregen fiel. Selbst hier waren dann die Tage dunkel, die Häuser schienen ihre Farben zu verlieren; auch die Palmen wirkten seltsam fremd – wie abgestellte Requisiten eines Theaters in tiefer Provinz.

An einem dieser ersten graunassen Winterregentage, in denen Caslano kaum noch von Menschen – geschweige denn von Katzen – bewohnt zu sein

30

schien, wurde dieser Kater zum ersten Mal gesichtet, als er hungrig eine Lebensmittelhandlung umschlich. Dann wieder, als er sich auf einen der Freßnäpfe stürzte, die mit schöner Regelmäßigkeit von einigen Bewohnern unseres Dorfes vor die Haustüren gestellt wurden.

Wichtig war übrigens auch, von wem der hungernde Kater gesehen wurde: nämlich von einem Kind, das von der gescheiten Katze Wolli als «Tochter Mensch» bezeichnet wurde und, damals zwölf Jahre alt, sehr wach und aufmerksam und stets zur Betreuung bereit war, zumal wenn es sich um Katzen handelte. Keines dieser Tiere entging ihr – also auch nicht dieser Kater.

Er schien niemandem zu gehören – keiner nahm ihn bei sich auf. An strahlenden Sommertagen und in leuchtenden Sommernächten mochte das Leben für ihn herrlich gewesen sein. Doch nun wurde es kalt und dunkel, und er vegetierte dahin – vermutlich in einem der wenigen zerfallenden Häuser. Und weil er nun beständig auf Nahrungssuche war, lungerte er oft im Dorf herum – dünn, zäh, verfilzt und mit immer flehender wirkenden blaßblauen Augen.

Tochter Mensch sah ihn hungern – und wollte ihn nicht verhungern lassen. Immer wieder suchte sie ihn auf, oft schnell und heimlich, zwischen den häuslichen Schulaufgaben, mit dem Fahrrad. Und bald schien er bereits auf sie zu lauern; er stürzte sich ihr entgegen, auf ihre streichelnde Hand zu. Sie kaufte für ihn von ihrem Taschengeld die hierorts köstlichste aller Katzennahrungen: «Machinata». also Hackfleisch. Und der Kater fraß denkbar freudig – ihr sozusagen aus der Hand. Mit rauher, schneller Zunge.

Doch nachdem dies einige Male geschehen war, begann der Kater auf seine sehr eigene Weise darauf zu reagieren: er ließ Tochter Mensch nicht mehr aus seinen blaßblauen Träumeraugen, die selbst jetzt immer noch überaus traurig, aber nun zugleich auch zutraulich wirkten, und folgte ihr.

Er lief ihr also nach, als sie mit ihrem Fahrrad davonfuhr – mit mäßiger Geschwindigkeit, wie sich vermuten läßt. Später behauptete sie, sich nicht umgesehen zu haben. «Und plötzlich war er da!» – als sie vor dem Haus angekommen war, in dem sie wohnte.

Und dort legte er sich vor die Tür.

8. Canossa in Caslano

Was nunmehr geschah, läßt sich fast in allen Einzelheiten rekonstruieren. Tochter Mensch erschien bei der Mutter und erklärte völlig harmlos: «Da liegt eine Katze vor unserer Tür – ein Kater vermutlich. Der möchte herein.»

Worauf Mutter verständlicherweise leicht entsetzt

reagierte. Schließlich gäbe es, so argumentierte sie nicht unbesorgt, bereits zwei dieser Tiere im Haus. Und diese beiden seien zudem außerordentlich schwierige Geschöpfe: Wubbel war der prächtigste Eigensinn in Person und Wolli von geschmeidiger Unzugänglichkeit. «Die werden niemanden neben sich dulden!»

Tochter Mensch nickte zustimmend, meinte dann aber: «Sicherlich hast du recht. Aber was, bitte, soll man da machen? Diese Katze – also diesen Kater – verhungern lassen?»

«Das selbstverständlich nicht!» versicherte Mutter Mensch, ohne zu zögern. «Das Tier wird verpflegt. Aber in unser Haus kommt es nicht! Wir sind hier bereits mehr als genug!»

Und das stimmte. Schließlich bestand der Haushalt aus drei Menschen, einem Hund und zwei Katzen – eine Menge Lebensgefährten, die zu betreuen erheblichen Arbeitsaufwand verursachte. Jedes Mehr war da vermutlich schon ein Zuviel; was jedoch der vor der Haustür liegende, erschöpfte Kater weder wissen konnte noch wollte.

Er verharrte dort, lang ausgestreckt, unbeweglich; zunächst einen Tag und eine Nacht. Dann noch weitere achtundvierzig Stunden – so gut wie lautlos; seine blaßblauen Augen jedoch richteten sich flehend auf jeden, der ihn betrachtete. Und keiner betrachtete ihn ohne Mitgefühl.

Tochter Mensch setzte ihm Futter vor – doch er berührte es nicht. Auch lag bald der stattliche Rest einer fettgrauen Maus vor ihm. Vermutlich hatte Wolli sie für ihn angeschleppt – doch selbst die verschmähte er.

Auch noch einen dritten Tag lang lag er dort – seinem Schicksal ergeben. Und wenn es auch theatralisch wirkte – man spürte, was dieser Kater zu tun bereit war, um sich in Sicherheit zu bringen: er setzte sein Leben für sein Leben ein!

Was Tochter Mensch dann zu der herausfordernd lapidaren Feststellung veranlaßte: «Wenn da nicht bald was geschieht, stirbt der uns womöglich noch weg!»

Worauf die Mutter, sichtlich erregt, den Vater anrief, der sich auf einer seiner Auslandsreisen befand. Sie schilderte ihm die Lage und fragte dann: «Was soll ich denn da machen? Das ist auf die Dauer einfach nicht zu ertragen!»

Vater Mensch erkannte schnell, daß mit diesem Telefongespräch gar keine Stellungnahme von ihm verlangt wurde, sondern lediglich eine Zustimmung pro forma, spätere eventuelle Beanstandungen ausschließend. Seinen Rat, das wußte er, brauchte sie nicht – schon gar nicht im Hinblick auf ihre Tiere! Wobei anzunehmen war, daß der vor der Tür lagernde Kater eine geradezu außerordentliche Menschenkenntnis besessen haben muß, weil er ausgerechnet sie zu seiner Beschützerin auserwählt hatte. So kam dann alles, wie es vorauszusehen und er-

hofft war – von Wolli ebenso wie von Tochter
Mensch: nach dreitägigem Canossa-Lager wurde
dem Kater die Tür des Hauses geöffnet. Und das
Tier stürzte sich hinein – keines Lautes mehr mächtig, atemlos und leicht schwankend.
Vorbei an der aufschnaufend staunenden Wubbel,
der nachsichtig lächelnden Wolli, dem allen Katzen
gegenüber völlig gleichgültigen Hund Muckel, der
fast exemplarisch «den Geist des Hauses» verkör-
perte: hier konnte man leben!
An diesen dreien, wie gesagt, eilte der neue Hausge-
nosse, alsbald Schnuff genannt, wie erlöst vorbei, in
den großen Wohnraum hinein, durch diesen hin-
durch, dann in den Keller hinunter! Und dort legte
er sich, wohlig aufschnaufend, auf ein Schafsfell –
das fortan «sein Schafsfell» war. In den nächsten
drei Wochen verließ er es nicht.

9. Etwas über Katzensprache

Wollis Versuche, sich mitzuteilen, begannen unmittelbar nachdem der Kater Schnuff von sämtlichen
Bewohnern des Hauses akzeptiert worden war. Das
war an sich kein sonderliches Problem – viel Raum
war in dieser großen Hütte! Entscheidend jedoch
war die Reaktion von Wubbel gewesen, die sich hier
wie eine Alleinherrscherin vorkam.

Sie begab sich mehrmals, stets von der aufmerksamen Schwester Wolli begleitet, in den Keller, um den neuen Kater auf seinem Schafsfell zu besichtigen. Dabei sträubte sie kunstvoll ihre nachtschwarze Haarflut, ließ ihre grüngelben Augen aufglühen und stieß dabei Lautgebilde hervor, die da sich anhörten wie: «Päh!» Oder wie: «Bäh!» – und das mochte ungefähr bedeuten: Nun ja, nun ja – sonderlich eindrucksvoll ist er ja nicht! Aber von mir aus kann er hierbleiben! Falls er sich – zumindest mir gegenüber – manierlich aufführt, dann geht das klar!

Wubbels vielfältige Lautmalereien verführten, bei auch nur einiger Phantasie, zu den verschwenderischsten Deutungen. Sie wirkte manchmal fast wie eine freudige Märchenerzählerin. Doch sie redete offensichtlich immer nur von sich, von ihrer Welt und ihrer prächtigen Souveränität. Und das war wohl die besondere Gefahr, die ihre Schwester Wolli erkannt hatte.

Sicherlich empfand auch sie, wie alle Mitbewohner des Hauses, Wubbel als außerordentlich stattlich und eigenwillig. Sie war stolz auf sie, aber auch besorgt: eben Attilas wegen. Von dessen Gefährlichkeit schien Wubbel nichts zu ahnen; vielmehr war sie sogar bereit, selbst ihm, nicht ohne eine gewisse Verächtlichkeit, herausfordernd zu begegnen.

Und das war Wollis Problem. Sie mußte Wubbel – und damit auch sich – vor diesem Untier bewahren.

Eben deshalb sorgte sie auch dafür, daß der neue Kater in diesem Hause geduldet wurde; als mögliche Hilfstruppe. Doch in erster Linie spekulierte sie dabei auf Vater – als den immerhin berufenen Wahrer des Hausfriedens. Zumal er außerdem, aus der Sicht einer Katze, über erhebliche körperliche Kräfte verfügte und Hilfsmittel mobilisieren konnte wie Strauchbesen, Teppichklopfer oder Hundeleinen.

Nur logisch also, daß sie sich auf ihn konzentrierte. Das geschah auf eine Art, die durchaus als sehr weiblich bezeichnet werden könnte. Einmal gab Wolli vor, seinen Monologen höchst aufmerksam zu lauschen. Zum andern bemühte sie sich, ihm, der verständlicherweise fasziniert war von dem Gedanken, daß sich ihm eins dieser individualistischen Geschöpfe anvertrauen könnte, sehr gezielte Mitteilungen zukommen zu lassen.

An einem klaren, kaltleuchtenden Spätwintertag, an dem man bereits in der Mittagssonne im Freien sitzen konnte, begab sich der Kater Schnuff, von seinem Schafsfell aus dem Keller kommend, erstmals ins Freie – zögernd, mit ängstlich stelzenden Bewegungen, doch unendlich freiheitsgierig vor sich hinschnuppernd. Und immer wieder ging dabei sein Blick zurück zu der geöffneten Terrassentür; sichtlich besorgt, ob sie wohl auch für ihn weiterhin geöffnet bleiben würde. Dabei gab er keinen Laut von sich.

Wubbel hockte währenddessen verächtlich schnaufend auf dem Dach. Wolli dagegen folgte dem Kater – zwar sichtlich um Abstand bemüht, doch überaus interessiert. Dabei blinzelte sie, wie nebenbei, dem Vater zu, der gerade seine tägliche Zeitungslektüre beendet hatte. Und der blinzelte zurück – nicht ohne Dankbarkeit für das Zutrauen, das ihn erfreute.

Und dann vernahm er von Wolli, die sonst keinerlei Laute von sich gab, ein Geräusch – ein zwar noch sehr leises, doch bereits ziemlich deutlich erkennbares Wortgebilde, das ihm fast menschlich vorkam. Überrascht legte er die Zeitung beiseite, blickte hin, horchte.

Seiner Aufmerksamkeit nunmehr sicher, begann Wolli, anders als ihre mitteilungsfreudige, jedoch verwirrend vieldeutige Schwester-Katze Wubbel, eine seltsame Mischung aus Lautmalerei und Pantomime zu entwickeln. Sie versuchte offenbar darzustellen, was sie sagen wollte. Sie imitierte den Kater Schnuff und stieß dabei einen Laut hervor, der sich wie dessen Name anhörte.

Vater Mensch hatte erhebliche Mühe, seine Überraschung zu überwinden. Sich leicht vorbeugend, wie um freundschaftliches Entgegenkommen anzudeuten, fragte er: «Habe ich da richtig gehört, Wolli – sagtest du Schnuff?»

«Schnuff!» schien Wolli abermals zu sagen und darzustellen, sein Erstaunen offenbar genießend.

Womit ein überaus seltsames Abenteuer erst richtig

begann – der Versuch eines Menschen, sich mit einem Tier zu verständigen. Oder besser: die Bemühung einer Katze, sich einem Menschen mitzuteilen. Einem Menschen, den sie für würdig oder auch nur für geeignet hielt, bei ihrem großen Plan mitzuwirken: Verteidigungsmaßnahmen gegen Attila!

10. Wunder dauern etwas länger

Das war, an einem der ersten sonnendurchfluteten Tage in Caslano, zwar kein völlig belangloses Begebnis; doch zunächst war es schon alles. Gewiß, es war Wolli gelungen, Vater Mensch beizubringen, daß von Schnuff die Rede sein sollte. Das hatte er begriffen, und nun war er gewiß begierig, weiteres zu vernehmen. Doch er mußte sich in Geduld üben. Er sah sehr bald ein: selbst mit noch so großer Konzessionsbereitschaft war diesen Katzen gegenüber nicht viel auszurichten. Schon gar nicht bei Wolli, die sich nun jedoch, Zentimeter um Zentimeter, näher auf ihn zuschob.

Im Bemühen, seiner Situation gerecht zu werden, reagierte Vater abwartend, aber betont höflich und stets mit höchster Aufmerksamkeit. Einige Tage später, als sich die scheinbar harmloseste aller Katzen wieder einmal vor ihm hinhockte, sagte er, auf den neuen Kater deutend, der sich diesmal bis zum Gartenzaun vorwagte: «Da ist Schnuff!»

Wollis Augen schienen noch größer zu werden, als sie es sonst schon waren. Es sah fast so aus, als nikke sie ihm zu. Auch näherte sie sich ihm; spürbar bereit, in den Bereich direkten Zugriffs zu gelangen – dabei jedoch mit Sicherheit erwartend, daß er nicht zugreifen würde. Worin sie sich nicht getäuscht hatte.

Und wie bestätigend mimte sie abermals den neuen Kater.

«Verstehe», behauptete Vater mit nahezu katzenhafter Zurückhaltung. «Schnuff also! Und was ist mit ihm, Wolli, meine Schöne?»

Wolli keuchte ein wenig, wohl wegen der Anrede «meine Schöne»; sie wand sich, schloß kurz ihre großen Augen, nahm ihre pantomimische Darstellung des Katers wieder auf und begann, mit einem Seitenblick zu Schnuff hinüber, hörbar zu schnurren.

«Dem geht es also gut, Wolli? Der fängt nun wieder an zu leben. So etwas braucht seine Zeit. Und die sollten wir ihm gönnen!»

Wolli schien zu nicken, durchaus zustimmend. Es sah ganz danach aus, als habe sie vor, sich zu seinen Füßen niederzulassen – dabei immer noch in imitiertem Behagen schnurrend. Dabei sah sie überaus erwartungsvoll zu ihm hoch, offenbar nochmals Bestätigung von ihm fordernd.

«Ja, ja, dieser Schnuff», ließ sich der Vater Mensch entzückt auf dieses Abenteuer ein, «dem gefällt es

hier. Was wir ihm gewiß alle gönnen, nicht wahr?»
Daraufhin geschah etwas Unerwartetes. Wolli stellte sich, offenbar zu einer weiteren Demonstration
entschlossen, auf die Spitzen ihrer vier Füße, steilte
dabei den Rücken hoch, bäumte sich sichtlich auf
und versuchte sogar, ihr Fell in vorgeblicher Wut zu
sträuben. Dabei stieß sie ein warnendes Keuchen
aus, das bald in ein bedrohliches Fauchen überging.
Die Falle, die Wolli dem Vater mit dieser Vorfüh-
rung gestellt hatte, schien vollkommen. Sie brach ihr
Fauchen ab und warf ihm einen fragenden Blick zu.
Und er ließ sich beglückt auf das neue Spiel ein –
ohne zu erkennen, daß es sich dabei möglicherweise
um ein recht ernstes Spiel handeln könnte: um eines, das durchaus nicht nur Katzen betraf.
Vielmehr stellte er entgegenkommend fest: «Ich
glaube, mein schönes Wollitier, ich weiß schon, wen
du damit meinst. Gewiß diesen fürchterlichen Wildkater, den sie Attila nennen – da droben auf dem
Berg von Caslano?»
Wollis Ausdruck signalisierte restlose Zustimmung
– verbunden freilich mit einer Frage, die deutlich in
ihren weitgeöffneten Augen stand.
«Ob ich den kenne?» bestätigte Vater Mensch ein-
fühlsam. «Aber sicher doch! Wer kennt ihn nicht?
Der ist ganz gewiß zu fürchten! Aber doch nicht
von uns, die wir hier geborgen in einem festen Heim
leben! Hast du etwa Angst vor ihm, meine schöne
Wolli?»

Wolli schien angestrengt zu nicken. Dann legte sie sich erschöpft nieder.

11. Begegnungen mit Attila

Dieser gewaltige Kater, soviel stand fest, durfte fortan nicht mehr übersehen werden. Nicht nur Wollis eindringlicher Warnungen wegen; schließlich sprach man in ganz Caslano von ihm.

Vaters erste bewußte Begegnung mit diesem auf Anhieb erkennbaren, verwegenen Urwesen geschah bei einem seiner täglichen Spaziergänge, die er so regelmäßig unternahm, daß die Einwohner von Caslano danach die Uhren hätten stellen können, wenn sie es gewollt hätten. Selbstverständlich wollten sie es nicht – sie hatten glücklicherweise nicht das geringste Verlangen danach, ihre Tage von Sekundenzeigern einteilen zu lassen.

Jedenfalls begann der erste seiner beiden täglichen Spaziergänge auf die Minute genau um 13.00 Uhr – unmittelbar nach den im neutralen Schweizer Telefonrundspruch abgehörten deutschen Nachrichten und Kommentaren, denen eine aktuelle Sendung der BBC, London, vorausgegangen war. Diese Fülle von Informationen verdauend, und das Frühstück dazu, streifte Vater Mensch dann durch die Gegend. Dabei wurde er nie allein gesehen: stets war ein Hund bei ihm. Und wohl niemand, auch er selbst nicht, hätte sagen können, wer da eigentlich wen begleitete: der Hund einen Menschen – oder der Mensch einen Hund? Eine Frage übrigens, die beiden nie in den Sinn gekommen wäre. Sie gehörten ganz einfach zusammen.

Der Hund hörte, wie schon gesagt, auf den Namen Muckel. Er war aus Bayern ins Tessin verschlagen worden. Irgendeine Rasse war ihm nicht anzusehen – er wirkte stets ungepflegt, wurde also weder getrimmt noch frisiert. Dennoch war er, wofür ein «Stammbaum» vorlag, ein mittelgroßer Pudel aus edelster Zucht. Was ihm jedoch kaum jemand ansah, und worauf er auch, mit seinem Begleiter und Spielgefährten einig, nicht den geringsten Wert legte.

An jenem denkwürdigen Tag schlenderten sie gemeinsam, der eine schauend, der andere schnüffelnd, an den in der Ebene liegenden Häusern von Caslano vorüber – den gepflegten Villen, den unauffälligen Werkhallen, den bedächtigen Mietshäusern. Sie alle waren umgeben von farbfrohen Blumenbeeten und dichten Hecken. In diesen Hecken gab es zahlreiche Schlupflöcher – für Hunde gewiß weniger geeignet als für Katzen. Und vor diesen Ein- und Ausgängen hob Muckel gelegentlich eines seiner Hinterbeine.

Diesmal geschah es bei der Hecke des Signor Pavese, der einen der herrlichsten Gärten von Caslano besaß, mit fast hundert verschiedenartigen Bäumen und Sträuchern, von denen – vom frühen Frühling bis zum späten Herbst – immer einige blühten. Und gerade von dort aus stürzte sich, kaum daß Muckel sein Bein gehoben hatte, empört fauchend, vermutlich sich angepinkelt fühlend, ein mächtig wirkendes Tier hervor: Attila!

Seine Augen schienen aufzuleuchten wie die Warnsignale von Polizeifahrzeugen oder Flughafenpisten. Selbst Wubbel hätte nicht direkter, nicht unmittelbarer zu drohen vermocht. Jedenfalls schien der Kater fest entschlossen, sich dieses Spaziergangshundes Muckel zu bemächtigen und sich auf ihn zu stürzen.

Vater Mensch jedoch stellte sich entschlossen zwischen beide und rief seinem Hund einige ermunternde Worte zu. Zugleich blinzelte er den Kater nahezu verständnisinnig an. Worauf der, gleichermaßen verständnisvoll, zurückzublinzeln schien, bevor er sich – vorerst – zurückzog.

Nur wenige Wochen danach, jedoch schon im brütenden Hochsommer, kam es zu einer zweiten Begegnung. Das geschah in einer jener schwerwarmen, schweißtreibend feuchten Nächte, in denen sich fast allen Menschen der Schlaf zu versagen pflegt. Plötzlich war ein wildes, angriffsbereites Gefauch vernehmbar.

Diesmal war Attila in den Garten des Hauses an der Via San Michele eingedrungen – vermutlich nur,

44

um zu erkunden, welche Möglichkeiten sich ihm da boten. Und dabei war er auf die stets wachsame und selbstherrliche Wubbel geprallt. Sie fauchte ihn an – er fauchte zurück! Wubbel gab alarmierend grelle Alarmtöne von sich – er grollte sie fast wie ein Löwe an. Wolli stürzte unverzüglich in Vaters Arbeitszimmer.

Und der eilte hinauf und schaltete alle erreichbaren Lampen ein. Danach stellte er sich vor Wubbel und scheuchte sie ins Haus. Erst dann bewegte er sich auf Attila zu, der im vollen Terrassenlicht gereckt vor ihm stand.

Ein, so stellte Vater Mensch nicht ohne Bewunderung fest, fast perfektes Raubtier, bedrohlich dunkel aussehend – eine kompakte Masse aus Grau- und Schwarztönen. Jedoch mit helleuchtenden Augen. Und dann war es, als hebe Attila eine seiner Pfoten, wohl die rechte; unklar, ob grüßend oder drohend, bevor er sich entfernte.

Eine Geste, die Vater Mensch genoß. Vielleicht glaubte er jetzt, Katzen, sogar Kater, durchschauen zu können: eine Anmaßung von geradezu verwegener Voreiligkeit! Offenbar hatte Wolli ihn noch nicht ausreichend aufgeklärt. Denn auch dies war nun zu bedenken: zwar hatte Attila das Idyll an der Via San Michele entdeckt; aber er hatte noch nicht erkannt, daß sich eine Besitzergreifung lohnen könnte. Das kam erst später.

12. Weitere Vermutungen über Wolli

Wollis einfühlsame Geduld schien ungeheuer – zumal Vater Mensch gegenüber. Er selbst hielt sie, nicht ohne sich geschmeichelt zu fühlen, für eine Art freundschaftlich Vertraute. Es war jedoch Angst – Angst vor dem, was die wachsame Wolli schon seit langem befürchtete: dem Versuch des Katers Attila, in dieses Idyll einzubrechen und es danach diktatorisch zu beherrschen.

Wollis Energie und Ausdauer, sich mitzuteilen, waren von rührender Eindringlichkeit. Dabei geschah immer wieder, fast schon einem Zeremoniell vergleichbar, zunächst dies: Wolli hockte sich vor Vater Mensch hin und versuchte, sich ihm mitzuteilen – sehr leise, mit kleinen Lauten, ein wenig verlegen. Sie krümmte sich, hob die Vorderpfoten, sträubte das Fell, um Situationen, Lebewesen, ihre eigenen Ansichten dazu darzustellen.

Vater Mensch, der sich für aufgeklärt und unvoreingenommen hielt, suchte nach einer Erklärung dieser Vorgänge. Er fand sie nicht – vorerst nicht. Also tat er, was er schon immer getan hatte: er redete mit Wolli wie mit seinesgleichen. Oder besser vielleicht: wie mit einem Kind. Allerdings hatte er Kinder nie gönnerhaft oder herablassend, sondern stets wie vollwertige Gesprächspartner behandelt – sie also niemals mit Babytönen angeödet.

«Du meinst also den, der so faucht, Wolli? Also den

Kater, den sie Attila nennen? Hast du etwa Angst vor ihm? Kannst du mir das erklären?»

Wolli, diese scheinbar sanftmütigste aller Katzen, seufzte tief auf und wagte sich noch einige Zentimeter weiter vor, in den Bereich des Menschen hinein. Dann setzte sie sich wieder und wendete den Blick wie in tiefer Verlegenheit zur Seite.

«Verstehe!» versicherte Vater Mensch verständnisbereit. «Attila stellt euch also nach, wie man so sagt – und wohl nur, weil ihr Katzen und keine Kater seid. Sehe ich das richtig?»

Wolli schien heftig zu nicken, ebenso beunruhigt wie besorgt.

«Und das, Wolli, gefällt dir nicht?»

Wolli schüttelte sich, als wäre sie in einen Wolkenbruch hineingeraten.

«Muß ja auch nicht sein!» meinte Vater Mensch beruhigend. «Aber was kann dieses Monstrum hier schon groß anrichten? Bei uns seid ihr in Sicherheit. In der Übermacht, sozusagen. Außerdem bin ich da. Und schließlich haben wir auch noch einen Hund – und was für einen!»

Wollis Augen schlossen sich nun, als litte sie unter solchen Bemerkungen. Sie hob ihr rundliches Gesicht himmelwärts und seufzte tief auf; dann kratzte sie sich heftig mit der Pfote hinter dem Ohr. Als sie ihre Augen wieder öffnete, wirkte ihr Blick skeptisch und ein wenig nachsichtig – aber nicht ganz ohne vorerst noch fragende Hoffnung. Vater Mensch beschloß, sie in dieser Hoffnung zu bestärken.

«Ich», versicherte er, «bin selbstverständlich stets zur Stelle, wenn man mich braucht. Daß dergleichen einmal nötig sein sollte, kann ich mir kaum vorstellen. Denn ich bitte dich, Wolli – wer ist schon dieser Attila? Doch kaum mehr als ein kleiner Schreck in der Abendstunde! Und mit dem werden wir doch wohl fertig – was?»

Daraufhin zog Wolli sich zurück und verschwand, ohne Vater Mensch auch nur noch einen Blick zu gönnen, unverzüglich im dichten Gebüsch. Und tagelang schien er als Gesprächspartner für sie nicht zu existieren. Für längere Zeit nicht.

13. Menschliche Einfalt

Vater Mensch, das glaubte Wolli einsehen zu müssen, war von entsetzlicher Ahnungslosigkeit. Er begriff einfach nicht, wozu ein Attila fähig war. Das bewiesen seine leichtfertig-selbstbewußten Monologe. «Ein kleiner Schreck in der Abendstunde!» Eine solche Äußerung konnte sie nur tief enttäuschen.

Offenbar teilte er jene mehr amüsant als besorgt klingenden Ansichten über Attila, die im Dorf verbreitet wurden: bei Einkäufen, bei Gesprächen über den Zaun, und natürlich in der Osteria beim Wein. Besonders die Männer hielten dieses Monstrum offenbar für ihresgleichen – also für eine Art Tessiner Superplayboy der Katzenwelt.

Selbst ein Tierarzt sollte beim zufälligen Anblick dieses Geschöpfes in leichtes Entzücken geraten sein und sich zu der Bemerkung verstiegen haben: «Ein Prachtexemplar von einem Kater! Falls mir jemand den zum Kastrieren bringen sollte, weigere ich mich, den Eingriff vorzunehmen – das wäre wider die Natur!»

Wolli dagegen dachte vermutlich ganz praktisch: dieser Attila war zu fürchten! Also mußte zur Absicherung des häuslichen Katzendaseins – das Wolli gewiß niemals als «Idyll» bezeichnet haben würde – dringend einiges geschehen. Aber was?

Ihre streitbare Schwester-Katze Wubbel allerdings war dazu nicht tauglich. Obwohl sie gewiß nicht weniger besitzentschlossen war als Attila, war sie ihm doch an Körperkraft ganz eindeutig unterlegen. Daß er dies – glücklicherweise – noch nicht herausbekommen hatte, war bei dieser geliebten, brillanten Blenderin weiter nicht verwunderlich.

Auch der zu Recht gepriesene Hund Muckel kam für die Zwecke der Haus-, Garten- und Grundstücksverteidigung kaum in Frage. Er war von einer geradezu gähnenden Toleranz, selbst Katzen gegenüber. Sie durften sich an seinem Freßnapf beteiligen, ihn anschnurren, sich sogar zu ihm legen. Von ihm aus durften sie veranstalten, was immer sie wollten – auch mit diesem Attila.

Nicht weniger fragwürdig als verläßliche Beschützer bedrohter Katzen waren nach Wollis Ansicht vermutlich auch Mutter und Tochter Mensch. Gewiß, sie liebten Tiere – doch ohne dabei sonderliche Unterschiede zu machen. Zwar krümmten sie ihren Katzen kein Haar; aber sie brachten auch vor ihnen alles in Sicherheit, was sich in Sicherheit bringen ließ. Sie scheuchten Vögel auf, wenn Wubbel sich an sie heranschlich; sie vertrieben Mäuse, Eidechsen, Frösche, Fische, ja sogar Schlangen! Möglich, daß sie selbst einen Attila für ein grandios-groteskes Kerlchen hielten – bis es zu spät war.

Und die Enttäuschung, die Vater Wolli bereitet hatte, indem er es sich leistete, auf ihre Besorgnis mit Kraftmeiermonologen zu reagieren, wirkte lange in ihr nach. Aber nicht endlos – sie gab ihn nicht auf; das konnte sie sich nach Lage der Dinge nicht leisten. Also näherte sie sich ihm wieder – was ihn sichtbar erfreute.

Wolli schien diesmal zu tänzeln, sich aufstellen zu wollen, was sehr munter wirkte; ihr zartes, leicht bebendes Stimmchen klang nahezu heiter-provozierend. Es war, als versuche sie nunmehr zu sagen: Ja – haltet ihr Menschen denn einfach alles für menschlich?

Vater Mensch reagierte beglückt – er nahm unverzüglich seine Gespräche mit Wolli wieder auf; auch wenn es nur Selbstgespräche waren. «Dir scheint es gut zu gehen, meine kleine Schöne! Das gefällt mir sehr! Und warum auch nicht – schließlich bin ich immer für dich, für euch alle da! Aber warum wirklich?»

Wollis Hoffnung, für den unvermeidlichen Existenzkampf brauchbare Abwehrkräfte zu mobilisieren, richtete sich nunmehr auf den neuesten Hausgenossen – auf Schnuff, den Canossa-Kater, der sich fast stets auf seinem Schafsfell im Keller aufhielt. Doch sobald er es verließ, schlich sie ihm nach. Sie beobachtete jede seiner Reaktionen mit wohlwollender Ausdauer – und wahrlich nicht unerfreut. Denn dieser Kater Schnuff schien sich bald, was weder von Mutter noch von Tochter Mensch klar erkannt wurde, als großer Jäger zu erweisen; zumindest als souveräner Selbstversorger. So harmlos verträumt er auch wirkte – sobald er sich auf freier Wildbahn bewegte, schien so gut wie nichts vor ihm sicher zu sein. Mäuse waren für ihn kaum mehr als Vor- und Nachspeisen; giftige Schlangen würgte er mit Wonne in sich hinein; selbst Wasserratten, fast so groß wie kleine Biber, bewältigte er spielend.

Eines dieser für Katzen reichlich massiven Tiere schleppte er dann sogar – tot, wenn auch noch nicht angenagt – in Vaters Arbeitsraum und legte es in Kopfnähe unter dessen Schlafstelle. Es war ein erklärtes Freundschaftsopfer, ein Zeichen seiner großen Dankbarkeit.

Und wenn dieses Opfer dann langsam verweste, penetrant zu stinken begann und Gewürm anzog –

wer konnte, wer durfte dem Kater deshalb böse sein? Dieser liebend gedachte Gunstbeweis ließ Vater Mensch verstummen. Wollis Augen jedoch glänzten bei seinem Anblick funkelnd auf: dieser Schnuff, so schien es, hatte schon seine Vorzüge! Selbst mit massiven Katzenfeinden wurde er fertig. Vielleicht sogar mit Attila?

14. Der erste Vollmond-Kampf

Es geschah in einer von jenen Tessiner Hochsommernächten, in denen die Hitze des Tages dunkel nachglüht. Eine träge, erlösende Gelassenheit machte sich breit. Die Stimmen der Menschen, die in ihren Gärten oder vor der Osteria saßen, klangen entspannt – und die Tiere schienen diesen friedfertigen Tönen zufrieden blinzelnd nachzulauschen.

Hunde gähnten den vollen Mond an – doch nicht einer bellte zu ihm hinauf. Nicht einmal Sissi, die sonst so grellstimmige, stets elegant nervös einhertänzelnde Nachbarhündin, eine schwarzglänzende Terrierschönheit, die von Katzen instinktiv gemieden wurde, denn sie schien nicht sonderlich verträglich zu sein.

Ausgerechnet dieser Sissi sollte bei den kommenden Machtkämpfen eine ganz besondere Funktion zufallen. Nicht ihr direkt, sondern einem Abkömmling, der bald das Licht der Welt erblicken sollte und für dessen Entstehung der Hund Muckel bereits im Frühling gesorgt hatte.

In jener Nacht jedoch lag Muckel, der werdende Hundevater, unter dem niedrigsten Tisch im Mittelraum; er schien stets bemüht zu sein, eine Art Dach über dem Kopf zu haben. Wolli hielt sich in seiner Nähe auf; wohl weil sie sich bei ihm irgendwie geborgen fühlte. Schnuff, der Canossa-Kater, saß auf Vaters Schreibtisch und sah zu, wie er weiße Bogen Papier mit kleinen Schriftzeichen bedeckte.

Wubbel jedoch, die Prächtige, stets bereit, ihre Prächtigkeit zu demonstrieren, stelzte inzwischen stolz durch den Garten. Sie redete dabei vor sich hin – diesmal jedoch mehr freudig fauchend. Offenbar fühlte sie sich wohl. Die Welt war schön – sie gehörte ihr und war mithin in bester Ordnung.

Doch dann erschien Attila.

Er sprang über den Zaun, mitten in diesen behaglichen Sommernachtstraum hinein. Der Zaun war nahezu zwei Meter hoch – für ihn jedoch nur ein Katersprung. Vermutlich handelte es sich lediglich um eine unter mehreren Stationen seiner allnächtlichen Vergnügungen, die darin bestanden, ein wenig Angst und Schrecken zu verbreiten, sich zu behaupten, seine Machtbereiche zu erweitern.

Hier jedoch stieß er zunächst auf Wubbel, die unter gurrenden Selbstgesprächen auf der kleinen Terrassenmauer herumspazierte. Sobald sie Attila im flir-

renden Mondlicht erblickt hatte, sprang sie unverzüglich von der Mauer herunter und stellte sich vor
ihm, empört zitternd und mit gesträubter Haarflut,
in Positur und fauchte ihn höchst unwillig an – mit
zischenden, angriffswütigen Kreischtönen.

Attila, zunächst stutzend, staunend über diesen völlig unerwarteten Empfang, wich sogar ein wenig
zurück. Doch alsbald fauchte auch er – gleichermaßen scharf und heftig, ebenso schrill wie gefährlich.
Die trügerische Sommernachtsruhe hatte sich in Sekundenschnelle in ein Schlachtfeld verwandelt.

Was folgte, geschah in Bruchteilen einer Minute:
Wubbel und Attila hatten sich gesichtet und unverzüglich kämpferische Feindhaltung eingenommen:
hochgekrümmter Rücken, gesträubtes Fell; beider
Augen funkelten wie gelbe Warnlampen. Sie näher-
ten sich einander langsam, fast gleitend, Zentimeter
um Zentimeter.

Wolli dagegen eilte in den Keller und alarmierte mit
leisen, aber schrill klingenden Tönen den Kater
Schnuff. Der zögerte nicht. Er raste die Treppen
hoch, stürzte in den Garten. Wolli eilte, mit einigem
Abstand, hinter ihm her.

Inzwischen hatten sich Wubbel und Attila auf ungefähr einen Meter genähert – eine gute Absprung-
distanz für Katzen. Abermals fauchten sie sich
kratz- und beißbereit an – Wubbels Kampfgeräusche klangen erregt-empört; Attilas dagegen mehr
höhnisch-herausfordernd.

54

Doch als Attila, sich duckend, zum Sprung ansetzen wollte, stutzte er plötzlich. Denn er sah neben Wubbel den Kater Schnuff auftauchen, Seite an Seite mit diesem mörderischen Katzenweibsbild. Und nun fauchte auch der – wenn auch nicht gleichermaßen stimmgewaltig, so doch unverkennbar kampfbereit. Zu allem Überfluß tauchte dann noch eine dritte Katze auf, die sich jedoch mehr im Hintergrund hielt. Wie Attila inzwischen wußte, war sie eine von den angeblich ganz sanften – doch gerade die konnten fürchterlich hinterhältig sein!

Attila, der Vielerfahrene, begann sich kopfschüttelnd zurückzuziehen – Zentimeter um Zentimeter, mit leicht zuckenden Beinbewegungen, als wäre er in kaltes Wasser geraten, das er verabscheute. Und mit plötzlichem Entschluß schnellte er sich herum – und stob davon.

Als der bei seiner Nachtarbeit aufgestörte Vater Mensch, nur Sekunden danach, den Kampfplatz erreichte – unmittelbar vorher von einem dreifach wilden Gefauch alarmiert – sah er dort noch Wubbel, die Prächtige, und Schnuff, den Jäger, wohl zum ersten Mal in traulichem Verein nebeneinanderhockend. Hinter ihnen saß Wolli, ungemein verklärt – sie schien sogar bereit, Vater Mensch anzulächeln. «Was zum Teufel ist denn hier passiert?» wollte er wissen.

Wolli gab zahlreiche Freudentöne von sich, die jedoch nicht zu entziffern waren.

«War etwa dieser Kater hier, den sie Attila nennen?» fragte Vater Mensch ungläubig.

Wolli sah ihm direkt ins Gesicht und schloß dann die Augen.

«Und ihr habt ihn weggejagt? Fertiggemacht? Gemeinsam? Für alle Zeit?»

Wolli hob eine Pfote – ihre vordere linke – als wollte sie damit andeuten: Das kann man nie so genau wissen! Sie schien nicht ohne alle Hoffnung vor sich hinzublinzeln, in kluger Nachdenklichkeit.

Und tatsächlich schien Wolli recht zu behalten. Etliche Wochen lang – zumindest fünf – wurde die Katzenwelt an der Via San Michele von Attila gemieden. Er amüsierte sich gewiß anderswo. Und Wolli konnte endlich wieder ungestört ihrer Lieblingsbeschäftigung nachgehen – dem Fischfang.

Denn Wolli war in ihren heimlichsten, hingebungsvollsten Stunden – eine Wasserkatze! Wasser faszinierte sie. Sie konnte stundenlang auf eine tropfende Wasserleitung starren, sie mit einer Pfote zuhalten und dann weiterfließen lassen. Wenn es regnete, saß sie am Fenster, mit sichtlich staunenden Großaugen.

Ihr erklärter Lieblingsplatz war ein Baum am See, dessen Wurzeln teilweise im Wasser verliefen. Dort pflegte sie gebannt in das grünliche Wasser zu blicken; sie belauerte dabei die Fische – und so manchen zog sie mit schnellem, sicherem Zugriff an Land.

56

Vater Mensch pflegte dann zu sagen: «Alles ist in Ordnung – Wolli angelt!»

Diesmal jedoch schien sie sich nicht mit der gewohnten souveränen Ruhe und Ausdauer auf ihre Lieblingsbeschäftigung konzentrieren zu können. Immer wieder unterbrach sie ihre Tätigkeit, um im Hause nach dem Rechten zu sehen – will sagen: um die von ihr mobilisierten Abwehrkräfte nicht erlahmen zu lassen.

Vermutlich ahnte sie als einzige, was eigentlich ganz und gar selbstverständlich war: ein Wesen wie Attila nahm diese erste Niederlage in seinem Herrschaftsbereich nicht einfach hin. Der brütete rachelüstern. Machtwütig wartete er auf seine Stunde. Die mußte kommen.

15. Zwischenstationen

Zunächst jedoch brach in unserem Dorf eine höchst fruchtbare Zeit an. In zahlreichen Häusern zeigten sich die Folgen zeugungsfreudiger Frühlingsnächte – zuerst bei den Katzen, dann auch bei den Hunden. Das Problem war: wohin mit dem Segen?

Das war dann auch, oft notgedrungen, eine Zeit der schnellen Tötungen – der zahlreichen Wasserleichen und Erdbestattungen. Der Apotheker verkaufte stattliche Mengen von Betäubungsmitteln. Weiter kam es zu Aussetzungen, die oft wohlüberlegt, zu erfolgen schienen. Etwa nach dem Motto: Wer sich schon mit Katzen abgibt, dem wird es wohl auf eine mehr oder weniger nicht ankommen.

Eines späten Abends im Herbst – die Fenster des Hauses waren, der immer noch wohligen Wärme wegen, weit geöffnet – vernahm Tochter Mensch draußen im Garten kläglich kleine, flehende Geräusche. Worauf sie, in dieser Hinsicht – wie ja auch einst bei Schnuff – stets unternehmungsfreudig, die Mutter alarmierte.

Und diese suchte nun, wie kaum anders zu erwarten, nach der Herkunft dieser kläglichen Hilferufe – bis sie dann in der Nähe des Zauns an der Straße ein winziges Wesen entdeckte, nach dem sie griff. Das Tier schmiegte sich winselnd und zitternd in ihre Hände – wohl endlich Geborgenheit witternd.

Das armselige Geschöpf wurde aufgenommen. «Hätte ich die liebe kleine Katze denn ertränken oder erwürgen sollen?» argumentierte Mutter später, als müsse sie sich rechtfertigen – sei es auch nur der äußerst beunruhigten Wolli gegenüber.

Wolli, die erklärte Strategin der Katzenwelt, erkannte beim Auftauchen dieser vierten Katze prompt deren ganz besondere Gefährlichkeit und Gefährdung. Die Neue war ein äußerst schwaches Glied ihrer mühsam aufgebauten Verteidigungsfront gegen Attila.

Als sie in das Haus getragen und bei Licht betrach-

58

tet wurde, erwies sie sich unverzüglich als schwere
Belastung. Sie war noch blind, völlig hilflos und zit-
terte nach Nestwärme. Mutter Mensch widmete
sich ihr unverzüglich, säuberte sie sorgsam und zog
sie mit der Flasche auf. Das waren Tag für Tag ab-
lenkende Beschäftigungen – als gäbe es keinen Attila in dieser Welt!

Außerdem beunruhigte Wolli die leichtfertige Reaktion ihrer Schwester Wubbel. Die warf lediglich einen kurzen Blick auf den armseligen Neuling, schüttelte dann ihren Löwenkopf und stolzierte davon.
Das mochte etwa heißen: dieses Baby bedeutete gewiß keine Gefahr für ihre erklärte Selbstherrlichkeit. Aber Wubbel konnte eben nicht so exakt denken wie Wolli, die jedenfalls erkannt hatte:
schwächliche Glieder in einer Verteidigungsfront
waren nichts wie eine Herausforderung!

Der Kater Schnuff, der einer guten Unterkunft nun
endlich sicher war, reagierte ähnlich sorglos wie
Wubbel. Er meinte wohl: auf einen Fresser mehr
oder weniger kam es nicht mehr an. Und der Hund
Muckel nahm auch diese Kleinkatze gelassen hin;
ihn konnte selbst ein Attila nicht sonderlich beeindrucken.

Die nunmehr vierte Katze des Hauses an der Via
San Michele erhielt den Namen «Spatzel»; damit
war sie in die Familie aufgenommen. Sie war übrigens sehr schön und von freundlich ahnungslosem
Wesen – zudem selten dreifarbig: blütenweiß, jung-

mausgrau, goldbraun gefleckt. Dennoch war sie, was Wolli schnell begriffen hatte, eine leichte Beute für Attila. Wenn der sich einmal scheinbar auf Spatzel stürzen sollte, konnte es ihm gelingen, alle menschlichen Verteidigungskräfte verwirrend abzulenken. Und dann wäre für ihn der Weg frei, auch die anderen Katzen des Hauses anzufallen und auszuschalten.

Diese Besorgnis versuchte Wolli behutsam, aber eindringlich dem Vater mitzuteilen. Sie setzte sich, dicht neben der Lampe, wie um sich an ihr zu wärmen, auf seinen Schreibtisch.

«Nun, Wolli, meine Schöne – hast du irgendwelche Probleme?» fragte er. «Du siehst aus, als hättest du Sorgen. Um was geht es denn?»

Wolli schloß die Augen, legte sich, drehte sich, die Pfoten gekrümmt, auf den Rücken und gab einen kleinen leisen Jammerlaut von sich – eine eindeutige Imitation von Spatzel.

Vater Mensch reagierte unverzüglich: «Aber ich bitte dich, Wolli! Diese harmlose Kleinkatze kann dir doch keine Sorgen machen! Selbst unsere Wubbel hat offenbar nichts gegen sie einzuwenden. Die stört also gewiß niemanden – die ist nur lieb, zart und hilflos.»

Wolli sprang auf, sträubte ihr Fell und fauchte mehrmals wie in äußerster Angriffsstimmung. Und wieder begriff Vater Mensch, wer gemeint war. Attila.

60

«Aber ich bitte dich – der hat sich doch schon seit Wochen nicht mehr blicken lassen! Vielleicht kommt er nie mehr wieder.»

Wolli fauchte nochmals und schüttelte erregt den Kopf.

«Auch mit dem werden wir fertig!» behauptete Vater Mensch besänftigend. «Du organisierst das schon, Wolli – und ich helfe dir dabei. Selbstverständlich. Wir schaffen das!»

Wolli verstummte wie in tiefer Resignation und entfernte sich – rückwärts, fast zurückweichend. Dann sprang sie durchs offene Fenster ins Freie, wie um sich in Sicherheit zu bringen – und wohl nicht nur vor Attila.

Sie konnte nicht wissen, daß sich in dieser Nacht die vielleicht wichtigste Phase der Katzentragödie von Caslano anbahnte. Das konnte übrigens noch niemand wissen – weder Tier noch Mensch. Doch eben dieses Ereignis sollte ein drohendes Drama in ein faszinierendes Schauspiel verwandeln.

Im Nachbarhaus, fast genau um Mitternacht, wurden von der erstklassigen Rasseterrierin, nachweisbar altenglischer Hochadel, drei Bastarde geboren – oder «geworfen», wie man so sagt. Es waren äußerst robuste Geschöpfe: sobald sie ihrer Anfangsblindheit entkamen, blickten sie mit hellwachen Augen um sich; schnüffelnd, beißend, kratzend – entschlossen, sich zu behaupten.

Der Erzeuger dieser kraftvollen Bastarde war nach-

weislich unser Mittelklassepudel Muckel – ein Na-
turbursche, der sich nur mal kurz mit der Lady ein-
gelassen hatte, allerdings mit frappierendem Erfolg.
Und einer von den drei kleinen Kraftprotzen wurde
bald als sechstes unserer Tiere in das Haus an der
Via San Michele aufgenommen. Übrigens wurde
der stramme, bewegliche, von Saft und Kraft strot-
zende Kleinkerl von seinem Vater-Hund kaum jemals beachtet; wohl nicht nur in Unkenntnis der
Sachlage, sondern auch, weil Muckel einfach alles
hinnahm, solange es ihn nicht störte.
Jedenfalls wurde dem Hundesohn der Name «Anton» verliehen – nach einer Romanfigur von Vater
Mensch: dem treuen, geduldigen Begleiter eines
einfühlsamen Kriminalbeamten; einem Hund, dem
der kleine Raufbold freilich in keiner Weise ähnelte.
Er entpuppte sich vielmehr unverzüglich als überaus
neugierig und steckte seine feuchte Nase in alles –
in das Fressen der Katzen, in deren Hinterteile, in
Vaters Tageszeitung. Er sprang allem nach, was
sich bewegte – ob es sich nun um Menschen, Pferde
oder Autos handelte. Besonders Lastwagen schienen
es ihm angetan zu haben – er versuchte sie zu bei-
ßen. Wolli war über sein Benehmen zunächst entsetzt. Muckel hingegen, sein Erzeuger, wurde nicht
nur respektiert – er genoß im Hause aufrichtige Zuneigung. Als er an einer schweren Erkältung litt,
statteten ihm alle Katzen, ohne Ausnahme, also
auch Wubbel, besorgte Krankenbesuche ab. Kaum

zu fassen daher, daß ein so nobler Hundevater einen Sohn von derart anderem Schlag gezeugt haben sollte.

Anton, dieses kleine Energiepaket, mischte sich einfach in alles ein, was es nur gab. Er wälzte sich, unmittelbar neben Wubbel, auf den Terrassensteinen – was sie sich gefallen ließ. Er schleckte Spatzel ab – sie schnurrte. Er versuchte sich an Schnuffs Jagdabenteuern zu beteiligen – mit kläglichem Erfolg; nicht ein Mauseschwanz wurde ihm überlassen.

Wolli wurde auf ihn aufmerksam, als er versuchte, sich – nicht einmal sonderlich ungeschickt – an ihren Fischzügen zu beteiligen. Wie plötzlich nachdenklich geworden, betrachtete sie ihn näher. Mit wochenlanger Ausdauer.

16.   *Abermals: Attila!*

Wohl mied Attila, dieses «herrliche Untier», wie er gemeinhin genannt wurde, etliche Wochen lang das Haus an der Via San Michele. Dennoch gab es ihn; er machte sich im Dorf unentwegt bemerkbar, meldete mit unermüdlicher Beharrlichkeit seine Macht- und Besitzansprüche an. Und das nicht nur bei den Katzen.

Immer mehr seltsame Geschichten über ihn geisterten durch die Gegend. Unter anderem sollte er, wie übereinstimmend berichtet wurde, auch Hunde angefallen haben – sogar bevorzugt die stattlichsten Exemplare. Also auch ausgewachsene Bernhardiner, bullige Doggen; selbst bei angriffswütigen deutschen Schäferhunden machte er keine Ausnahme.

Wobei immer wieder berichtet wurde: Attila lauerte ihnen auf den Bäumen hockend auf – besonders wenn sie einen spätabendlichen Abschlußspaziergang unternahmen, um dabei ihre Duftmarkierungen anzubringen oder diese, soweit bereits vorhanden, zu verstärken. Doch wirklich gefährlich für die Hunde wurde es erst, wenn sie sich irgendwo hinhockten, um ihren Verdauungsvorgang abzuschließen, was eine angenehmere Nacht garantierte. Dann schlich Attila sich an. Die Signallampenaugen spaltschmal abgeblendet, nahm er Angriffsstellung ein, um dann blitzschnell in Aktion zu treten – wobei er die ahnungslosen Hockhunde jedoch nicht etwa fauchend ansprang: vielmehr ließ er sich, möglichst senkrecht, auf sie fallen – und zwar, genau gezielt, auf deren Hinterteile. Und dort, wo er vor den Bißwerkzeugen dieser Tiere sicher war, krallte er sich fest.

Diese geradezu planmäßig veranstalteten Schrecken in den Abendstunden, die Attila den Hunden von Caslano mit verbissener Wonne bereitete, waren recht eindrucksvoll. Bald bellte hier nach Einbruch der Dunkelheit kaum noch ein nächtlicher Ruhestörer. Die Hunde wurden verdächtig häuslich; selbst die streitbarsten schienen vorübergehend friedlichen Anwandlungen zugeneigt.

Allerdings ist kaum anzunehmen, daß allein die Verrichtung einer unvermeidlichen Notdurft Attila dazu veranlaßte, sich auf Hunde zu stürzen. Vielmehr handelte es sich für ihn um eine Art verlockend günstiger Gelegenheit – nicht zufällig, aber auch nicht ganz ungefährlich. Denn als Attila später in voller Größe und in aller Deutlichkeit zu erblikken war, zeigte sich: er hatte ein «Blumenkohlohr». Das hatte ihm, wie sich dann nach intensiven Recherchen herausstellte, eine Neufundländerhündin namens Aja beigebracht, und zwar bei der Verteidigung ihrer Hauskatze, die Attila vor zwei Jahren anzufallen versucht hatte.

Doch nicht erst seitdem, so schien es, schlich dieser Mammutkater rachelüstern, mit schnell zunehmender Geschicklichkeit, Energie und Ausdauer in der Umgebung herum. Er schien sich alsbald zu einer Art Ein-Mann-Terrorbande ausgewachsen zu haben. Er wurde gefürchtet – nicht nur von hockenden Großhunden oder klugen Kleinkatzen, wie Wolli; schließlich sogar auch von Menschen.

Zumindest einer gab das zu, allerdings erst nach der zweiten Flasche Merlot in der Osteria del Batello an der Seepromenade. Dabei handelte es sich um einen gewissen Enrico Nero, der eine Anzahl von Motor-, Ruder- und Tretbooten betreute, die er an die immer zahlreicher werdenden Touristen vermietete. Gelegentlich kam es dabei vor, daß irgendwelche Saisonbesucher irgendwo ihre Mietboote verließen, um sich, da nicht zahlungswillig, zu verflüchtigen – vermutlich in Richtung der nahen italienischen Grenze.

«Nach so einem Boot suchte ich», berichtete Nero, ein geschäftstüchtiger junger Mann, der nicht sonderlich robust wirkte. «Ich ging also den Weg am See entlang.» Womit er den schmalen Fußweg meinte, der um den Sassalto herumführte und in Prospekten gern als «romantischer Spaziergang» bezeichnet wurde; was tatsächlich zutraf.

«Dabei überkam mich», berichtete Nero, sich erneut mit einem Schluck Merlot stärkend, «ein – sagen wir: ein menschliches Rühren.» Er begab sich also seitwärts in die Büsche, machte sich frei und hockte sich hin. «Und dann wurde ich überfallen! Jawohl – überfallen! Von diesem fürchterlichen Mistvieh von einem Kater!» Also: von Attila.

Dieses dunkle Biest war offenbar der Ansicht gewesen, daß es bei gewissen Vorgängen zwischen kleineren Menschen und größeren Hunden kaum noch sonderliche Unterschiede gibt. Attila hatte sich also wie üblich von einem seiner Lauerbäume hinabgestürzt – diesmal auf Neros Hintern. Und dort hatte er sich festgekrallt – und zugebissen!

Die Männer in der Osteria amüsierten sich mächtig. Sie verlangten stürmisch, die dabei erlittenen Ver-

wundungen zu besichtigen, was Nero jedoch ablehnte. Folglich wurden seine Erzählungen prompt angezweifelt. «So etwas wagt doch kein Kater!»
«Kein normaler! Der jedoch durchaus!» verteidigte sich Nero. «Das ist ein kleiner Teufel! Hat er mich doch erst vor zwei, drei Wochen bei meinen Booten ganz wild angefaucht, als ich ihn wegjagen wollte. Ich bin mit einem Ruder auf ihn losgegangen – nicht, um ihm einen Schlag zu verpassen, sondern nur, um ihn mir vom Leib zu halten. Doch was tat er? Er sauste nicht etwa davon – er ging langsam rückwärts, mit wütend gesträubtem Fell, unentwegt fauchend. So einer ist das!»
Womit Signor Nero, ohne es zu ahnen, die wichtigste Erklärung aller dieser Vorgänge geliefert hatte: ein Attila vergaß nichts! Und das wußte auch Wolli.

17. Die Schlacht auf dem Herbstfeld

Zunächst jedoch glaubte auch Wolli nicht unerfreut, wenn auch keinesfalls rundum zufrieden, feststellen zu können: alles schien in halbwegs geregelter Ordnung zu sein. Wohl war der herbstliche Katzensegen von Caslano diesmal reichlich groß gewesen, doch ihr unmittelbarer Bereich blieb von Neuzugängen verschont. Spatzel zählte kaum. Ein geruhsamer Winter stand bevor.

Wubbels streitbare Herrlichkeit schien ungetrübt zuzunehmen. Sie schritt, mit hochgestelltem Schwanz und dekorativ gesträubten Haaren, durch Haus und Garten, als habe sie unentwegt wie ein Feldmarschall Paraden abzunehmen. Ihr Anblick stimmte selbst Wolli einigermaßen hoffnungsvoll, obwohl ihr Attila niemals aus dem Sinn ging.

Das gleiche geschah, wenn sie den Kater Schnuff betrachtete. Dieses kleine, doch sichtliche zähe Canossa-Kerlchen erwies sich als außerordentlich anpassungsfähig. Es war, als versuche er, sich bei den Katzen des Hauses beliebt zu machen. Zumindest blickte er Wolli mit seinen blaßblauen Poetenaugen stets freundlich-fragend an – wie um Wünsche oder Ratschläge bittend. Er war also – aus der Sicht von Wolli – durchaus in Ordnung.

Dazu kam, daß Schnuff, was brauchbare Klugheit bewies, stets bemüht war, Wubbel zu gefallen – zumindest tat er einiges, um nicht ihren Unwillen zu erregen. Er drängte sich niemals vor, an nichts heran. Er ließ sogar, wenn der spätnachmittägliche Ruf «Essen-essen!» ertönte, Wubbel stets den Vortritt, was sie mit kurzem, gnädigem Kopfnicken zu würdigen schien.

Mutter Mensch allerdings war durch das anschmiegsame, nach zärtlicher Geborgenheit schnurrende Spielkind Spatzel erheblich abgelenkt. Vater Mensch mimte offenbar Jupiter; wenn er sich schon verleiten ließ, von seinen Büchern und Zeitungen aufzublicken, brachte er doch nicht mehr zustande als verschwenderisch freundliche Blicke. Und Tochter Mensch versteckte sich pflichtbewußt hinter Bergen von Schulbüchern, was sie immer blässer erscheinen ließ; auch die Tiere litten darunter.

Vom Hundevater Muckel war gleichfalls nicht viel zu erwarten – außer ungetrübtem Wohlwollen; und das war gar nicht wenig. Doch neben ihm gab es noch Anton, den Bastard, auf den man nach Wollis Meinung achten mußte. Dieser Wildfang und Irrwisch machte nämlich, in Ermangelung anderer Spielgefährten, immer wieder den Versuch, sich unter die Katzen des Hauses zu mischen.

Es begann mit tolpatschigen Anbiederungsversuchen – mein Gott, das kräftige Kerlchen sehnte sich nach Gesellschaft! So sprang er etwa die gar nicht sonderlich überrascht erscheinende, vielmehr durchaus entgegenkommende Wubbel an – und lernte dabei von ihr, sich nach Katzenart kurz zuschlagend zu verteidigen. Er versuchte, sich Schnuff zuzugesellen und ihm beim Mäusefang behilflich zu sein; nunmehr mit einigem Erfolg, den Schnuff ihm durchaus gönnte. Wolli allerdings mied er respektvoll – die war ihm wohl nicht ganz geheuer.

Wolli jedoch, die Weitsichtige, fing alsbald an, den kleinen Bastard mit wohlwollenden Augen zu betrachten. Sie ließ ihm sogar gelegentlich größere Fleischbrocken zukommen, die sie von Muckels Teller gestohlen hatte, was der sich gähnend nachsichtig gefallen ließ. Und Anton, voll freudiger Freßgier, verschlang alles.

Was möglicherweise mit ihm anzufangen war, wußte Wolli noch nicht – doch sie begann es zu ahnen. Wolli war einfach alles willkommen, was ihr – und damit auch ihrer Schwester Wubbel – eine gewisse Sicherheit zu garantieren schien. Dafür nahm sie sogar erneute, wenn auch höchst mühsame Gesprächsversuche mit Vater Mensch in Kauf.

Der neuerdings dafür bevorzugte Ort – in diesen hellen, backofenwarmen Herbstnächten – war der Steintisch beim Schwimmbassin. Dort pflegte Vater Mensch, seinen Tag abschließend, bei einem letzten Glas Wein zu sitzen. Und Wolli hüpfte zu ihm auf die Tischplatte.

Inzwischen hatte sich das bisher unter ihnen gepflegte Zeremoniell ein wenig gelockert: Vater Mensch durfte Wolli zwar immer noch nicht vereinnahmend berühren – doch sehr sanft streicheln, etwa über den Hinterkopf, nur zwei, höchstens dreimal, durfte er sie neuerdings schon. Wolli regte sich dabei nicht, zeigte also weder Wohlwollen noch gar Abscheu – sie ließ lediglich Geduld erkennen und einen grenzenlose Bereitschaft zur Kooperation.

Was sie jedoch unmittelbar danach mitzuteilen versuchte – gurrend, fauchend, hervorgepreßt – bezog sich immer wieder mahnend und warnend auf ein und dasselbe: auf Attila.

«Aber ich bitte dich, Wolli – hier ist doch alles in bester Ordnung! Dieser Kater hat sich doch schon Wochen nicht mehr bei uns blicken lassen! Der kneift sozusagen den Schwanz ein. Was willst du mehr?»

Wolli war gänzlich anderer Meinung und hielt damit nicht hinter dem Berge. Sie wußte genau: Attila würde wiederkommen.

Und er kam tatsächlich – gleich in der Nacht nach diesem Gesprächsversuch. Ganz plötzlich vernahm der abermals an seinem Steintisch sitzende, allein sein letztes Glas Wein betrachtende Vater Mensch heftige Kampfgeräusche: wütend-würgendes Fauchen, wildes Hecheln, gellende Schreie. Nicht in unmittelbarer Nähe, sondern in einiger Entfernung. Doch der Ort, an dem das Kriegsgetöse stattfand, war unschwer auszumachen: es war das freie, flache Feld neben der nahen Wollfabrik – eine Art Katzenübungsplatz, der stets von zahllosen Mäusen bevölkert war.

Alarmiert eilte Vater Mensch dorthin. Auf halbem Weg kam ihm Wolli erregt entgegengetänzelt. Sobald sie ihn sah, machte sie kehrt, wie um ihm wegweisend vorauszurennen.

Sie führte ihn eilig, nahezu atemlos, zum Schauplatz des Kampfes. Vater Mensch erblickte zunächst eine etwas strapazierte Wiese – mindestens vier Quadratmeter davon wirkten wie zerzaust, zertreten, flachgetrampelt, als hätte sich ein Pferd darauf gewälzt und mit den Hufen um sich geschlagen. Eine

Schlacht schien hier stattgefunden zu haben.

Unmittelbar am Rand der Walstatt hockten eng aneinandergelehnt Wollis Schwester Wubbel und der Jägerkater Schnuff. Beide keuchten, ihre Augen glühten wie Positionslaternen nächtlicher Fischerboote; beide bluteten.

Vater Mensch trug sie, ohne auf Blutflecke zu achten, heim, von Wolli schnurrend umtänzelt. Die beiden Verletzten wurden unverzüglich von Mutter Mensch betreut – sorgfältig abgetastet, desinfiziert und mit irgendeinem Wundpuder vorsichtig besprüht. Dabei stellte sich heraus: Wubbels rechtes Ohr war erheblich verletzt; auch hatte sie zwei Bißwunden im Rücken. Schnuff, der Kater, konnte sein linkes Vorderbein kaum noch bewegen; dazu war seine zartrosa Nase leicht aufgeplatzt. Doch das war glücklicherweise schon alles an äußeren Verwundungen.

Geschehen war – was mit Wollis Hilfe einigermaßen glaubhaft rekonstruiert werden konnte – ungefähr folgendes: Attila hatte bei seinen lauernden Streifzügen in Caslano die nächtlich herumspazierende Wubbel erspäht und war ihr nachgeschlichen. Wohl in der Annahme, sie wäre allein.

Sie wurde jedoch – wie stets in kavaliersmäßiger, respektvoller Entfernung – von Schnuff begleitet. Und als Attila über Wubbel herzufallen versuchte, war Schnuff prompt zur Stelle. Beide stellten sich vereint gegen den mächtigen Kater. Sie schrien, kratzten und bissen ihn in die Flucht – und er sauste davon.

Gewiß zur hellsten Freude von Wolli. Sie war ihrer Schwester, wie immer nicht unbesorgt, nachge-schlichen. Vermutlich auch, um sie zu kontrollieren und um herauszufinden, ob auf diesen Schnuff wirklich Verlaß war. In den Kampf hatte sie selbst-verständlich nicht eingegriffen – sie war schließlich keine mutwillige Stoßtruppkatze; ihre Begabung lag auf dem Felde der Strategie.

«Damit also, meine liebe Wolli, habt ihr euren Kat-zenkrieg ja wohl gewonnen!» Diese anerkennende, aber auch reichlich ahnungslose Behauptung leistete sich Vater Mensch völlig ernsthaft. «Ich kann euch nur gratulieren – dir wohl ganz speziell. Von nun an dürften wir hier wohl ungestört leben.»

Wolli blickte ihn geradezu entsetzt an. Was dieser Mensch da von sich gab, schien sie sichtlich zu schockieren. Lautlos zog sie sich zurück.

18. Die Weihnachtskatze

Während der letzten Tage eines jeden Jahres ist das Tessin von gläsernem Sonnenglanz verschwende-risch erleuchtet. Die sonst zu Touristenhochzeiten gefällig-sanft wirkenden Hügel zeigen sich nun in großer Klarheit; schroffer Fels tritt ans Licht, entlaubte Bäume präsentieren sich im Figurenreichtum ihrer Äste.

Dementsprechend konnten sich auch jetzt erst die Platanen an der Seepromenade in ihrer ganzen Mächtigkeit zeigen: kraftvoll verknorrt, wie Urstein gewachsen. Dieser weite, fahrzeugfreie Platz gehörte dann ganz den Hunden und Katzen von Caslano; zumindest tagsüber – nachts gehörte er vermutlich Attila allein.

Es schneite kaum in diesen Tagen, auch das Angebot an Tannenbäumen war spärlich. Dennoch begann in dieser nun nahezu fremdenfreien Welt das große Einkaufen, an dem sich freilich fast nur Frauen beteiligten.

Und dabei kam es dann, wenige Tage vor dem Weihnachtsabend, zu einem Hausfrauengespräch zwischen der Frau des Postbeamten, der des Polizisten und Mutter Mensch. Es bestand zunächst aus familiären Schilderungen schöner Belanglosigkeiten – bis dann in der Nähe der Osteria eine Katze auftauchte.

Es handelte sich um ein zutraulich wirkendes Wesen von ungewöhnlicher Schönheit: wallend weißhaarig, mit grauschwarzen Flecken auf dem Rükken; schwärzlichgrau war auch der buschige Schwanz gezeichnet. Außerdem schien sie an allen vier Füßen weißlederne Stiefelchen zu tragen; ihre Augen blinzelten frühlingsgrün.

Ihr Anblick begeisterte Mutter Mensch unverzüglich, zumal sie sich schließlich, wie sie glaubte, mit Katzen auskannte. «Das ist aber ein wunderschönes Tier!»

Was die Signora des Polizisten bereitwillig bestätigte: «Das ist bestimmt die schönste Katze hier – von Ihrer prächtigen Wubbel einmal abgesehen.»

Die Signora des Postbeamten, jedoch weitaus praktischer veranlagt, stellte robust fest: «Das Tier ist überfettet. Wahrscheinlich ist es gemästet worden – in ganz bestimmter Absicht, möchte ich sagen.»

Die wunderschöne Katze, erfuhr Mutter Mensch auf ihre erstaunte Frage, sei offenbar «von ganz speziellen, gottlob nur selten vorkommenden Katzenfreunden» für einen Festtagsbraten vorgesehen. Eine Vermutung, die sie erheblich verwirrte. Sie betrachtete das zutraulich blickende Tier mit wachsendem Mitgefühl, glaubte in seinen Augen aufflackernde Angst, wenn nicht gar ein Flehen um Hilfe zu erkennen.

Was natürlich nicht zutraf. Die Katze konnte schließlich nicht ahnen, was ihr möglicherweise bevorstand. Wahrscheinlich gierte sie nur, an übermäßige Nahrung gewöhnt, nach weiterem Fressen – entsprechend der Macht der Gewohnheit. Denkbar war auch, daß sie sich nach Liebe, Zärtlichkeit und Geborgenheit sehnte, wovon ihr wohl nicht sonderlich viel zuteil geworden war.

Mutter Mensch erledigte ihre Einkäufe, doch ohne jede Konzentration; danach begab sie sich dann wieder zu ihrem Wagen, den sie vor der Post geparkt hatte. Und dort saß immer noch, wie unentwegt auf sie wartend, die wunderschön buschige Weißfellkatze. Ihre Augen schienen nunmehr höchst vertraulich zu blinzeln.

Mutter Mensch stand voll reichlich hilflosen Wohlwollens da, während das Tier, immer engere Kreise ziehend, ihr näher und näher kam. Schließlich umstrich es fast zärtlich fordernd ihre Beine. Und nun schien tatsächlich unverkennbar, als flehe es inständig darum, vor dem drohenden weihnachtlichen Schmortopf bewahrt zu werden.

Worauf Mutter Mensch – sie versicherte es später hoch und heilig – gar nichts anderes übrig blieb, als einladend die Wagentür zu öffnen. Die Katze sprang hinein, ohne auch nur eine Sekunde zu zögern.

Auf diese Weise kam die fünfte Katze in das Haus an der Via San Michele – wie ein Weihnachtsgeschenk des Schicksals; ein äußerst fragwürdiges, wie sich bald herausstellen sollte. Sie wurde zunächst in einem abgelegenen Zimmer untergebracht, damit sie sich an ihre neue Umgebung gewöhne, und erhielt eine riesenhafte Begrüßungsportion «Machinata», die sie wonnig in sich hineinfraß. Danach schlief sie, zutiefst beglückt, einmal rund um die Uhr.

Sie wurde «Barby» genannt. Doch kaum hatte sie ihren vorläufigen Warteraum bezogen, überkam

Wolli eine merkwürdig besorgte Unruhe – noch bevor sie den Neuzugang überhaupt gesehen hatte. Auch Wubbel fauchte tönende Unwillenskundgebungen hervor – offenbar witterte sie Fürchterliches.

Und tatsächlich wurde Barby völlig ahnungslos und gewiß auch ohne jede Schuld zu einem Sicherheitsrisiko allererster Größe. Ausgerechnet dieses sanfte, schöne Geschöpf gefährdete die äußerlich noch idyllisch und intakt scheinende Katzenwelt in der Via San Michele in erheblichem Maß und brachte sie nahezu an den Rand der Zerstörung.

19. Stille Nacht – Heilige Nacht

Zu Heiligabend versammelten sich alle Hausbewohner unter einem strahlenden Weihnachtsbaum, der – vorsichtshalber – nicht mit Wachslichtern, sondern mit elektrischen Kerzen bestückt war. Katzen sind schließlich keine kleinen, brav zu haltenden Kinder.

Diesmal wirkten sie alle wie geblendet – die «vier vom Stammpersonal», wie Vater Mensch sie humorvoll bezeichnete: die listige Wolli, die selbstherrliche Wubbel, der anpassungsfähige Schnuff, das von Menschen katzenentfremdete Spatzel. Barby blieb zunächst noch in ihrem Zimmer. Vermutlich war sie als Weihnachtsüberraschung für die anderen vorgesehen.

Was sie denn auch wurde – wenn auch anders als erhofft.

Zunächst jedenfalls schien alles harmonisch. Schnuff, der Kater, blinzelte mit seinen blaßblauen Traumaugen nahezu poetisch in den Lichterglanz; Spatzel spielte verzückt mit einer gläsernen Glocke, die flirrende Töne von sich gab, sobald ihre samtweiche Pfote sie berührte. Wubbel und Wolli lagen schwesterlich vereint nebeneinander – die eine wirkte lässig-souverän, die andere jedoch leicht erregt, als könne möglicherweise ein Brand ausbrechen, der den Weihnachtsbaum plötzlich in Flammen aufgehen ließe.

Ganz anders die Hunde des Hauses. Muckel, der Uralte, kannte dieses schöne Schauspiel bereits. Er hatte es inzwischen schon fast zehnmal genossen. Jetzt packte er gelassen seine Festtagsgabe aus: ein Paket voller Lederknochen in Schillerlockenform, jedoch kaugefällig dünn. Sein Sohn, der Bastard Anton, war wie immer hellwach – doch ohne einen Gegenstand für seine Unternehmungslust zu finden. Vater Mensch rauchte seine Pfeife, Tochter Mensch packte fleißig Geschenkpakete aus, Muckel schlief fast ein; die Katzen schienen zu gähnen. Mit einem Wort: alles schien überzeugend weihnachtsfriedlich. Doch dieses gepflegt wirkende Idyll änderte sich schlagartig, als Mutter Mensch ihren Tieren verkündete: «Da habe ich noch was für euch! Eine besondere Überraschung!»

Dann stieg sie zum Oberstock hinauf, öffnete die Tür des Mittelzimmers und rief: «Komm heraus, meine Schöne! Zeig dich deinen neuen Freunden!» Und zum Vorschein kam Barby, mit dekorativ gesträubtem Haar, wohl eben nicht ohne Angst; ihre gelbgrünen Blinzelaugen jedoch signalisierten Friedfertigkeit. Es war, als bitte sie darum, im Hause aufgenommen zu werden. Vorsichtig tänzelnd, als bewege sie sich auf schmalem Drahtseil, schritt sie ihrer neuen Welt entgegen.

«Begrüßt sie!» forderte Mutter Mensch ahnungslos. «Die gehört nun zu uns.»

Muckel, der Pudel, dachte nicht im geringsten daran, sich von seiner Kauknochensammlung ablenken zu lassen. Anton jedoch, der Bastard, eilte unverzüglich auf Barby zu, die, furchtsam und ergeben zugleich, stehenblieb, dann aber sehr schnell die Ungefährlichkeit dieses Hundes für Katzen witterte, die zum Haus gehörten. Anton jedenfalls beschnupperte sie heftig, um dann ein befriedigt grunzendes Geräusch von sich zu geben, das vermutlich verkünden sollte: die ist in Ordnung, die riecht gut!

Zu einem ähnlichen Resultat schien auch der Kater Schnuff zu gelangen, obgleich er vorerst jeden körperlichen Kontakt zu vermeiden schien. Ihm genügte es, die neue Katze einmal zu umkreisen – danach ließ er sich wie stets zufrieden nieder. Spatzel endlich, das Menschengeschöpf, spielte ungestört weiter mit der klirrenden Glasglocke.

Wolli, die Kluge, hatte sich nach einem kurzen, abschätzenden Blick auf Barby seitwärts zurückgezogen. Nicht etwa, um ihr auszuweichen, sondern eher, um einen möglichst guten Beobachtungsplatz zu gewinnen – ihrer Schwester Wubbel wegen, die sie nun nicht mehr aus den Augen ließ.

Dabei war Wubbels Anblick nicht nur sehenswert, sondern auch bald ziemlich besorgniserregend. In welchem Ausmaß, vermochte zunächst wohl nur Wolli zu erkennen. Wubbel jedenfalls dachte offenbar nicht daran, sich zurückzuziehen. Nicht einen Millimeter. Zwar schien es zunächst, als wäre sie, sobald Barby in ihr Blickfeld trat, wie zu Felsgestein erstarrt. Doch dann glühten ihre Augen auf, wurden lodernd gelb, schienen Flammen zu sprühen.

Jetzt begann auch Vater Mensch zu ahnen, daß in Wubbel Seltsames vorging. Jedoch erst, als er, wie oft in letzter Zeit, den Blick seiner Gesprächspartnerin suchte, die sich ihm, wie er glaubte, stets anzuvertrauen bereit war. Doch diesmal sah er Wolli heftig besorgt, mit alarmierend schmalen Augen. Sie starrte in eine einzige Richtung – zu Wubbel hin. Und die starrte auf Barby.

Nun begann sich Wubbels Urgesteinkörper wieder zu regen. Zunächst sträubten sich ihre Haare, seitwärts, aufwärts, wie vom Wind bewegt; dann begann ihr buschiger Schweif zu schlagen, zuckend, fast schon peitschend; schließlich richtete sie sich, mit hochgekrümmten Rücken auf. Sie hatte ihre große Sprungstellung eingenommen. Wolli schloß, sich hinhockend, die Augen fast völlig – zwar nicht ergeben, jedoch bereit, hinzunehmen, was nun wohl unvermeidlich schien.

Und Mutter Mensch, völlig ahnungslos hinsichtlich dessen, was sich hier anbahnte, rief weiter, auf Barby deutend, den Tieren zu: «Die paßt doch ganz prächtig zu uns!»

Damit brachte sie das Maß aller Zumutungen Wubbel gegenüber zum Überlaufen. Schon die Bezeichnung «prächtig» war bisher ihr allein vorbehalten gewesen – sie hielt es für angemessen und legte erheblichen Wert darauf. Und nun dies!

Hinzu kam noch, daß Wubbel und Barby einander phantastisch entsprechende, also sich nahezu haargleich ähnelnde Geschöpfe darstellten – jedoch sozusagen spiegelverkehrt. Fast genau da, wo die eine, Wubbel, mitternachtsschwarz war, war die andere, Barby, gletscherschneeweiß. Und beide waren tatsächlich gleichermaßen prächtig.

Jedenfalls war damit die Weihnachtskatzen-Katastrophe perfekt. Wubbel stürzte sich wild fauchend auf Barby. Die versuchte auszuweichen, flüchtete sich unter den Kerzenbaum, in diesen hinein, der fiel um, seine Lichter erloschen, Kugeln und Glocken wurden zu Scherben.

Nun bellte sogar Muckel, der Alte, auf – rauhstim-

mig empört über soviel störende Unverschämtheit.
Anton mischte sich unverzüglich in das Katzenge-
tümmel. Schnuff blickte verstört. Und Spatzel be-
klagte mit kindlichen Wehlauten den Verlust der
nunmehr zerstörten Weihnachtsglocke.

Die sichtlich wirksam angefallene, verstört wirkende
Barby wurde unverzüglich von Mutter Mensch auf-
gegriffen und beruhigend gestreichelt. Tochter
Mensch, in Ausnahmezuständen frappierend tatbe-
reit, bremste Wubbels Angriffswut mit energischem
Zugriff. Sie griff das sich mächtig sträubende Tier
auf und begann, auf es einzuflüstern: «Wenn einer
hier prächtig ist, dann du – nur du – allein du!»
Wubbel schien sie zu verstehen.

Die zutiefst erschreckte Barby wurde wieder in ihrem Zimmer untergebracht und dort noch etliche
Viertelstunden lang liebevoll betreut. Tochter
Mensch schleppte die noch immer verwirrte Wubbel
in ihr Zimmer, wobei Kater Schnuff neugierig
hinterherschlich. Der stets freßlustige Anton nutzte
die günstige Gelegenheit und begab sich in die Kü-
che, um dort sämtliche erreichbaren Speisereste zu
vereinnahmen. Muckel verstaute seine Kauknochen
sorgfältig hinter dem Fernsehapparat; Spatzel versuchte vergeblich, mit ihm zu spielen.

Bei diesem Weihnachtstrümmerhaufen blieben nur
Vater Mensch und die hellhörige Katze Wolli. Sie
blinzelte ihm diesmal nicht vertraulich zu; sie blickte
vielmehr wie angestrengt aufwärts, zu den oberen

Räumen hin – lauernd und lauschend. Es war, als warte sie. Als erwarte sie zu allem, was geschehen war, noch mehr – etwas überaus Bedrohliches, Gefährliches. Und auch das traf ein.

Nach wenigen Minuten, in denen die unterbrochene Stille dieser seltsamen Heiligen Nacht nahezu wiederhergestellt zu sein schien, ertönte plötzlich ein scharfes Fauchen, das bald in nahezu jubelnde Jaultöne überging. Es kam offenbar von einem Mauervorsprung vor den Fenstern jenes Zimmers, in dem Barby untergebracht worden war.

Vater Mensch betrachtete die Reaktion «seiner» Wolli ebenso fasziniert wie besorgt. Denn Wolli bebte. Im gleichen Rhythmus, in dem sie ihren Kopf schüttelte, bewegte sich auch ihr kleiner Körper – bis zum Schwanzende.

Und dann war es, als schlüge Wolli mit der rechten Vorderpfote mehrmals auf den mit einem dichten Schlingpflanzenmuster dekorierten Orientteppich, der auf dem Bretterfußboden lag. Das dabei erzeugte Geräusch hörte sich an wie Signale afrikanischer Trommeln – dumpf klagend, zugleich warnend empört und alarmiert kampfbereit. Ihr Fell sträubte sich. Sie fauchte, ohne sich von der Stelle zu rühren. Attila ante portas!

20. Menschliche Taktiken

Gleich in den nächsten Tagen – also zwischen Weihnachten und Neujahr – entwickelte Mutter Mensch eine neue Hausordnung. Nach einem abermaligen, jedoch völlig vergeblichen Silvesterabendversuch, Wubbel und Barby aneinander zu gewöhnen, schien das unvermeidlich. Die unverminderte Feindseligkeit zwischen der schwarzen Prachtkatze und ihrem weißprächtigen Spiegelgeschöpf blieb unverändert.

Fortan belauerte Wubbel tagsüber stundenlang die Tür des Zimmers, in dem sich Barby aufhielt. Sobald irgendwer diesen Raum zu betreten versuchte, flitzte sie mit dekorativ gesträubten Haaren herbei und versuchte, sich hineinzudrängen. Es gelang ihr nicht; denn auf diese Möglichkeit hatte Mutter Mensch ihre Hausgenossen eindringlich hingewiesen. So blieb Barby zwar von Wubbels Angriffslust verschont; entmutigen jedoch ließ sich Wubbel nicht.

Wubbel war von einer Ausdauer, die nicht nur ihre Schwester-Katze zutiefst beunruhigte. Immer wieder versuchte die schwarzprächtige alleinige Beherrscherin des Hauses, die Tür nach Art eines Rammbocks zu öffnen – gerade als gelte es, eine mittelalterliche Festung zu stürmen. Sie warf sich, nach einem Anlauf von mehreren Metern, gegen die Türfüllung, dort dumpf aufprallend. Im ganzen Haus

vernehmbar wie ein Paukenschlag. Immer wieder –
vergeblich.

Danach versuchte sie tagelang eine Art von Unter-
minierung; sie machte Anstalten, sich unter der Tür
durchzugraben. Sie riß den Fußbodenbelag auf,
kratzte sogar die Bodenbretter an, wodurch eine
Lücke von fast drei Zentimetern entstand, in die sie
ihre Nase preßte – nur um Barby aus noch bedrohli-
cherer Nähe anfauchen zu können.

«Da muß man eben Geduld haben», meinte Mutter
Mensch nachsichtig. «Und vor allem – man muß
methodisch vorgehen.»

Was sie darunter verstand, war vielleicht ein wenig
umständlich, erwies sich jedoch als durchführbar.
Es sah so aus: jeden Morgen, bevor Tochter
Mensch zur Schule gefahren wurde, wurden auch
die vier erklärten Haus-Katzen ins Freie gelassen;
also Wolli, Wubbel, Schnuff und Spatzel. Sie eilten
in den Garten, zum See, in den Wald hinein.

Dabei leistete sich Wubbel jedoch regelmäßig eine
Art Sondereinlage. Sie sprang mit drei kühnen Sät-
zen zu einem Fenster jenes Raumes hinauf, in dem
Barby untergebracht war. Und dort blickte sie dann
etliche Minuten lang betont böse und bedrohlich
fauchend hinein.

Doch nach dieser täglichen Bedrohungsprozedur,
die Wolli aufmerksam beobachtete, stolzierte Wubbel hochbefriedigt davon – meistens in den Bergwald hinein, wie um nach Attila zu suchen. Glückli-

cherweise begleitete Schnuff sie dabei – nahezu regelmäßig.

Wolli jedenfalls mied die dichten Wälder und weiten
Felder – und damit wohl ganz bewußt jede direkte
Begegnung mit Attila. Außerdem hatte sie keinen
sonderlichen Appetit auf Mäuse, Vögel oder Schlangen; sie hatte vielmehr eine erklärte Vorliebe für
kleine Fische. Sie konnte stundenlang am Seeufer
sitzen; dabei neuerdings jedoch bevorzugt auf Stei-
nen, die eine ähnliche Grundfarbe hatten wie sie
selbst. Von dort aus angelte sie sich dann stattliche
Tagesrationen zusammen. Wohl war sie von allen
ausgewachsenen Katzen in Caslano scheinbar die
kleinste; doch sie war zugleich auch eine der wohl-
genährtesten.

Spatzel dagegen verließ den Garten fast nie – er gehörte für sie zum Haus; und zu diesem Haus gehörte auch sie. Ihr beständiges Verlangen nach Men-
schennähe, die unmittelbaren Folgen ihrer Fla-
schenkindheit, hatte fast alle Naturinstinkte in ihr
einschlafen lassen. Wohl sprang sie gelegentlich
Schmetterlingen und Eidechsen nach – jedoch nur,
um mit ihnen zu spielen.

Auch mit Anton, dem Bastard, versuchte sie zu spielen, was der sich, selbst noch weit tolpatschiger als
sie, durchaus gefallen ließ. Wolli pflegte die beiden
dabei höchst aufmerksam zu beobachten; man
konnte sich fast vorstellen, daß sie auch aus dem,
was sie hier sah, ihre Schlüsse zog.

86

So jedenfalls verging der Großteil der Tage dieser Katzen. Sie alle wurden dann, am späten Nachmittag, helltönend heimgelockt – und zwar durch einen inzwischen in ganz Caslano bekannt gewordenen Ruf. Er lautete: «Wubbel, Wolli, Spatzel, Schnuff – essen! Essen! Essen!»

Worauf dann die sonst für so eigenwillig gehaltenen Geschöpfe von allen Seiten herbeieilten: Wubbel gnädig einherstolzierend; Wolli munter trabend, voller Neugier, ob für sie auch Katzennahrung auf Fischbasis bereitstünde; Spatzel hüpfte harmlos schnurrend herbei; Kater Schnuff schien selbst jetzt wachsam nach Feinden auszuspähen. Doch dann fraßen sie vereint, was ihnen vorgesetzt wurde.

Erst danach kam, zu später Tagesstunde, die Freiheit für Barby. Nun waren alle anderen Katzen im Haus, und die Umgebung gehörte jetzt ihr. Sie sprang zum Fenster hinaus und stürzte sich mit eleganten kraftvollen sicheren Sprüngen in den Garten – in eine Welt ohne Wubbel!

Aber Wubbel belauerte sie auch jetzt noch; sie spähte ihr durch die Vorhänge nach, drückte ihre rosige Nase an das Fensterglas, bekratzte es. Auch kontrollierte Wubbel in fliegendem Trab alle möglichen Öffnungen des Hauses – alle Türen und Fenster, vom Keller bis zum Obergeschoß. Vergeblich! Mutter Mensch schien tatsächlich erreicht zu haben, daß zu diesen Stunden kein Durchschlupf offen blieb.

Wollis Besorgnis jedoch schien noch immer nicht zu schwinden. Immer wieder hockte sie vor Vater Mensch, sah ihn groß an, beherrscht von einer einzigen, ihr allein wichtig erscheinenden Frage: Wie soll, wie kann das weitergehen?

Vater Mensch, der sich immer noch jeder Katzensituation gewachsen glaubte, versuchte es seiner gewiß sehr lieben Wolli zu erklären: «Es könnte ja sein, meine Kleine, daß dieser Attila sozusagen scharf auf unsere Barby ist. Und daß unsere Wubbel Barby nicht ausstehen kann, braucht doch kein Dauerzustand zu sein. Schließlich hat sogar ein Attila einsehen müssen, daß er hier nicht viel ausrichten kann. Und irgendwann einmal werden sich auch Wubbel und Barby miteinander vertragen. Geduld ist eben alles.»

Doch Wolli schüttelte den Kopf. Sie war unbeirrbar. Und in dieser Situation, in der es um das Leben von Katzen ging, war sie erfahrener und klüger als er. Das sollte sich – leider – sehr schnell erweisen. Denn innerhalb der nächsten vierundzwanzig Frühlingsstunden schlug Attila zu. Zweimal. Und das geradezu vernichtend.

21. Ein Endkampf bahnt sich an

Attila schien genau das zu versuchen, was Wolli schon immer befürchtet hatte. Denn dieses Untier war nicht nur ein kampfgewohntes Bündel aus stählernen Muskeln und Sehnen, sondern inzwischen auch gewitzt geworden – durch hundertfache Erfahrung. Bei seinen Versuchen, an Barby heranzugelangen, vermied er neuerdings alle blindwütigen Angriffe; von nun an ging er geradezu planvoll vor. Er lieferte sich also nicht der vereinten Kraft von Wubbel und Schnuff aus. Oft belauerte er die beiden, endlos lange, um dann bei der nächsten Gelegenheit jedes dieser Tiere einzeln zu überfallen. Denn allein war ihm, das wußte er, keines der beiden gewachsen.

Und folglich schleppten sich, innerhalb von vierundzwanzig Stunden, zwei schwerverwundete Katzen in das Haus an der Via San Michele. Vermutlich hatte sich auch Attila, gleichfalls angefetzt, in eine seiner Hügelhöhlen zurückgezogen, um dort seine Wunden zu lecken. Und wenn er ihnen auch nicht erlegen war, so behinderten sie ihn doch immerhin für etliche Wochen.

Für die beiden Schwerverletzten, Wubbel und Schnuff, wurde Dottore Ferrari alarmiert – einer der besten Tierärzte im Tessin. Unsentimental und fachmännisch betreute er seine klagend vor sich hinstöhnenden Patienten, deren Leidenstöne jedoch nach intensiven Abtastungen, behutsam angebrachten Spritzen und eingegebenen Medikamenten immer leiser wurden.

«Kein Grund zur Besorgnis», versicherte der Dottore. «Beide werden es überleben. Der Kater wird vermutlich sehr bald wieder Bäume besteigen und Mäuse fangen können. Bei dem anderen Tier könnte es ein wenig länger dauern; Katzen sind da wohl nicht ganz so zäh. Sie entwickeln, wie es scheint, selbst dabei sehr weibliche Gefühle; sie leiden intensiver.»

Wubbel und Schnuff lagen tagelang – verarztet, verbunden und betäubt – dicht nebeneinander auf einer Felldecke in Mutters Zimmer. Zumeist fast regungslos, und ohne einen Laut von sich zu geben. Sie mußten künstlich ernährt werden.

Dabei kam es jedoch zu überaus seltsamen Bekundungen unerwarteter Zuneigung. Zu allererst, und zwar zur allgemeinen Überraschung aller Hausbewohner, machte der sonst so überaus gleichmütig erscheinende Pudel Muckel einen geradezu rührend anteilnehmenden Krankenbesuch.

Er legte seine Vorderpfoten auf die Bettkante und betrachtete die beiden Verwundeten mit erheblicher Ausdauer. Dann zog er sich zu ihnen hoch, um sie behutsam zu beschnuppern. Dafür ließ Muckel sich nahezu zehn Minuten Zeit – und zwar fortan täglich. «Das ist ein Gentleman!» rief Mutter Mensch beglückt aus.

Die Menschenkatze Spatzel jedoch schien überhaupt nicht zu begreifen, was hier geschehen war. Ab und zu legte sie sich zu Wubbel und Schnuff; jedoch wohl nur, um zu sehen, ob sie etwa bereit wären, mit ihr zu spielen. Aber ein Spielgefährte war Wubbel nie gewesen; jetzt war sie es erst recht nicht. Schnuff dagegen schien nur noch schlafen zu wollen.

Also hielt sich Spatzel an den gleichermaßen ahnungslosen Anton. Der war stets nur allzu bereit, sich zu vergnügen – besonders mit dieser Spielkatze. Die beiden wälzten sich dann im Garten herum, einander eng umarmend. Die eine versuchte ein wenig zu fauchen, der andere zu knurren – beide jedoch ohne sonderliche Überzeugungskraft. Es war, als bemühten sie sich lediglich darum, sich zu verständigen – wobei es manchmal so aussah, als verstünden sie sich recht gut.

Nur Wolli schien das doppelte Krankenbett ihrer Mitkatzen zu meiden. Offenbar stimmte sie der Anblick der beiden Vollpatienten bedrückt; man konnte meinen, daß sie sich für ihren Zustand verantwortlich fühlte. Sie unternahm längere Spaziergänge, suchte Kontakt mit anderen Katzen, was bisher bei ihr noch niemals vorgekommen war. Vermutlich fahndete sie auch nach Attila, der sich jedoch nicht blicken ließ. Daß er ein für allemal verschwunden sein könnte, schien Wolli für ausgeschlossen zu halten – sie blieb also weiterhin höchst besorgt.

Nach etwa einer Woche intensiver Schwerverletzten-Pflege kam es dann, von Mutter Mensch hoffnungsvoll inszeniert, zu einer Krankenzimmer-Show von erheblichem Gewicht: Barby erhielt Gelegenheit, sich zu Wubbel zu begeben. Sie erschien, wohl mit leichtem Zittern, jedoch durchaus versöhnungsbereit. Wubbel, wohl von Schmerzen geplagt, öffnete ihre gelbflirrenden Augen. Sie schnaufte klagend auf – nach wie vor eindeutig feindselig; ihr buschiger Schwanz begann nervös, jedoch nicht sonderlich kraftvoll zu schlagen. Doch Barby, von Mutter Mensch ebenso zart wie energisch vorwärtsgedrängt, versuchte ihre Ängste zu überwinden. Sie berührte Wubbel mit der Nase – ein Akt vorsichtiger, zurückhaltender Zärtlichkeit. Und Wubbel schien sich das gefallen zu lassen. Sie schloß die Augen, um sich dann aufschnaufend zur Seite zu drehen – ein Vorgang, der nicht unharmonisch wirkte, bald zu einem Sieg des Gemeinschaftsgefühls erklärt und Vater Mensch in allen Einzelheiten zur Kenntnis gegeben wurde.

Und der bemühte sich unverzüglich, Wollis Ansichten zu vernehmen. Doch Wolli wich ihm aus. Als er sie dann dringlich zu sich rief, erschien sie nur zögernd und mürrisch. Diesmal hockte sie sich nicht vor ihn hin – sie blieb abwartend in einiger Entfernung vor ihm stehen.

«Soweit ich das sehe, liebe Wolli, steht doch hier alles zum Besten. Attila hat vergeblich versucht, unsere Gemeinschaft zu sprengen. Im Gegenteil – es scheint ihm sogar gelungen zu sein, Wubbel mit Barby zu versöhnen. Gibst du das zu?»

Wollis Fell sträubte sich vor blanker Erregung über soviel menschliche Ahnungslosigkeit. Ja – begriff Vater Mensch denn nicht, daß weder Attila noch Wubbel je vergessen konnten, was geschehen war? Beide beherrschte das unauslöschliche Verlangen, sich zu behaupten. Das – und nichts anderes – mußten sie, wenn sie überleben wollten.

Wolli war da sehr sicher. Sie entfernte sich mit erkennbar bebender Besorgnis. Und dennoch nicht bereit, zu kapitulieren – schon gar nicht vor dem gepflegten Zweckoptimismus dieser Menschen.

22. Wollis verwegene Maßnahmen

Schnuff, der Canossa-Kater, war der erste, der sich von seinem Krankenlager erhob. Nach knapp zwei Wochen schlich er wieder, leicht hinkend, ins Freie. Auf der Terrasse angekommen, legte er sich hin und streckte dann seine vier Beine ganz weit aus, der Sonne entgegen. Irgendein Verlangen, weitere Ausflüge zu unternehmen, schien er vorerst nicht zu empfinden.

Wolli umschlich den gewiß stark strapazierten, aber bemerkenswert widerstandsfähigen Kater mit prüfender Aufmerksamkeit. Dabei hielt sie einigen Abstand, wie das bei Beobachtern, die eine gewisse Übersicht erstreben, üblich ist. Und es schien sie sichtlich froh zu stimmen, daß Schnuff schon zwei Tage später den Garten bis zum Zaun hin inspizierte – wobei er sich mit der verspielten Spatzel einließ und ihr vergeblich beizubringen versuchte, wie man katzengerecht einen Baum besteigt.

Zu diesen Kletterübungen gesellte sich bald der stets schnüffelnd neugierige Bastard Anton. Er versuchte geradezu begierig, an diesen Lektionen teilzunehmen. Und das mit bemerkenswertem Erfolg. Zwar konnte der kleine, kräftige, wieselflinke Hund nicht klettern, noch nicht; sein Sprungvermögen jedoch war enorm. Auch begriff er sehr schnell, worauf es seinem Lehrmeister Schnuff dabei ankam: nämlich den richtigen Ansprungwinkel zu finden – und zwar an der am besten besteigbaren Baumseite. Wolli beobachtete diese Versuche mit gespanntem Interesse. Das war, rein äußerlich, nur an ihren Augen zu erkennen. Nicht daß sie etwa den Körper krümmte oder irgendeinen Laut von sich gab; selbst ihr Schwanz signalisierte keinerlei Erregung – er schien lediglich bei ihren überraschend weiten und hohen Sprüngen wie ein knapp gehandhabtes Korrektursegel in Erscheinung zu treten.

Fortan belauerte sie Muckels prächtigen Sohn mit hoffnungsvoller Ausdauer – täglich, und oft stundenlang. Wobei sie herausfand, was auch Mutter

Mensch bereits erkannt und dem Vater mitgeteilt
hatte.

Anton besaß offenbar Daseinsfreude und Anteil-
nahmebereitschaft in verschwenderischer Fülle. Er
schien sogar ein höchst elementares Gefühl für seinen Lebensbereich zu entwickeln. Dazu gehörten:
sein Haus, sein Garten, sein Muckel, seine fünf Katzen, sogar seine drei Menschenwesen. Und auf diesen Besitz hinzuweisen, ihn anzuzeigen und zu behaupten, schien er stets entschlossen.

Ausnahmen gab es dabei für Anton nicht. So etwa
stürzte er kampflustig bellend zum Zaun an der
Straße, sobald dort zufällige Passanten allzu nahe
herankamen. Ertönte die Klingel an der Haustür,
fand er sich unverzüglich ein. Er belauerte auch sich
einfindende Gäste des Hauses; nach kurzer schnup-
pernder Begrüßung hockte er wie ein Wachtposten
da. Und selbst wenn der seit Jahren bekannte, be-
währte, tierfreundliche italienische Gärtner auftauchte, ließ ihn der wachsame Hunde-Sohn nicht
aus den dunkel funkelnden Augen.

Anton bekam es schließlich sogar fertig, seiner leib-
lichen Mutter, dem hellstimmigen Terrierweibchen
von nebenan, den Zutritt zu seinem Bereich zu ver-
wehren. Das war umso verwunderlicher, als Anton
selbst völlig ungeniert auf jenem Nachbargrundstück herumzuflanieren pflegte und dort mit seiner
bevorzugten Hundedame freudige Raufszenen auf-
führte. Doch über seinen Zaun kam sie nie hinaus.

Wolli schien das alles ziemlich klar zu erkennen und sich ihre eigenen Gedanken darüber zu machen. Sie folgte Anton bald auf Schritt und Tritt, musterte ihn beim Laufen, beim Springen und begutachtete seine Kraft und Ausdauer mit steigendem Wohlgefallen. In der Folgezeit versuchte Wolli den Hund Anton geradezu systematisch zu beeinflussen. Das geschah einmal durch betontes Wohlwollen. Es war, als nähere sie sich ihm betont vertraulich, sehe ihn gerne; sie legte ihm sogar einige von ihren selbstgefangenen Fischen hin. Fortan begann Anton unverzüglich zu wedeln, sobald er die Katze erblickte.

Wollis nächster strategisch wohlberechneter Schachzug bestand darin, daß sie sich auch dem Kater Schnuff intensiver zu widmen begann. Sie pflegte ihm fortan geradezu ermunternd und wie in höchster Anerkennung zuzublinzeln. Schnuff schien beglückt: nun, da er glauben durfte, hier etwas wie freundschaftliche Zuneigung gefunden zu haben, durfte er sich endlich wirklich geborgen fühlen. Zumal es ja ausgerechnet Wolli war, die von ihm stets respektierte, wahre Beherrscherin des Hauses, die ihm ihr Wohlwollen bezeugte.

Die Höhepunkte ihres Verhältnisses sahen etwa so aus: Wolli legte sich in seine Nähe. Dann schien sie noch näher an ihn heranzukriechen. Und es war, als recke sie ihre Nase seinem Ohr entgegen, als flüstere sie auf ihn ein. Höchst intensiv. Mit der ihr eigenen Ausdauer.

An diesem vielbestaunten Idyll – das in Wirklichkeit die Anbahnung einer Art politischer Allianz war – wurde auf verschiedenartigste Weise Anteil genommen. Die Menschen reagierten darauf mit nachsichtig lächelnder Verwunderung – kurios, diese Katzen! Wubbel trabte, ihre Wunden mißachtend, laut schnaufend durch die Gegend – mit nur sehr kurzem, leicht verächtlich wirkendem Seitenblick auf Wolli und Schnuff.

Der Hund Muckel blieb, wie immer, auch bei diesem Anblick wohlwollend gleichmütig. Spatzel, das Katzenkind, sah zwei mögliche Spielgefährten zweckentfremdet abgelenkt, was sie ein wenig traurig zu stimmen schien. Anton dagegen begann bald, dieses Idyll zu belauern, darauf zuzukriechen, es zu beschnuppern.

Und es war, als habe Wolli auf diese Annäherungsversuche geradezu gelauert. Sie schien dem unstillbar neugierigen, wohl auch ein wenig eifersüchtigen Hund ermunternd zuzunicken. Sie machte Platz für ihn – und zwar so, daß er sich zwischen sie und Schnuff legen konnte. Was er dann auch mit Wonne tat. Sie berochen sich ausgiebig.

Nur wenige Tage später geschah etwas überaus Merkwürdiges. Die beiden Katzen, Wolli und Schnuff, geleiteten, vertraulich nebeneinander dahintrabend, Anton zum Nachbarzaun. Hier verweilten sie längere Zeit gemeinsam, das Drahtgeflecht mit den Stützpfosten anstarrend.

Dieser Zaun – das hatte Wolli offenbar erkannt – war ein gewisses Problem; zwar nicht für Katzen, wohl aber für einen Hund. Bisher gab es für Anton, um auf das Nachbargrundstück, also zu seiner bevorzugten Spielgefährtin zu gelangen, nur zwei Möglichkeiten. Einmal die, sich direkt darunter durchzugraben – was er immer wieder versuchte. Zweitens, sich auf erhebliche Umwege einzulassen; etwa über eine glücklicherweise nicht sonderlich befahrene Straße, dann aber an der Wollfabrik vorbei, hinter der man schließlich mühsam unter einem Eisentor hindurchkriechen mußte.

Nunmehr jedoch geschah dies: der Kater Schnuff versuchte offensichtlich, dem Hund Anton in Gegenwart von Wolli beizubringen, wie man fachgerecht über einen Zaun springt. Nach allen Regeln der Katzenkunst. Und zwar hatte das bei einem jener metallenen Stützpfosten mit zwei Seitenstreben zu geschehen, von denen sich einer gleich an der nächsten Ecke befand. Man mußte ihn hockend angehen, bis die Hinterbeine genug Halt fanden, um dem Körper Schubkraft verleihen zu können. So, und nur so, konnte man sich über das Hindernis hinwegschnellen.

Das demonstrierte nun Schnuff, von Wolli angefeuert, mehrere Male – immer wieder mit federnder Sprungkraft. Und bald versuchte Anton es auch – mehrmals völlig vergeblich. Er plumpste dabei auf den Rücken, strampelte sich unverzüglich wieder auf die Beine, setzte erneut an. Und nach etwa einer Stunde unablässiger Versuche gelang es ihm beinahe, den Zaun zu überspringen.

«Das», forderte Tochter Mensch ihren Vater auf, «mußt du dir unbedingt ansehen! Was die da so anstellen – einfach phantastisch!»

Und der, aus seinem Bücherkeller herbeieilend, sah es sich an; aus gebührend respektvoller Entfernung. Denn er wollte niemanden stören – weder die scharf beobachtende Wolli noch Schnuff, den Trainer, und schon gar nicht den atemlos bemühten Anton. Und dem gelang es dann tatsächlich, nach einem äußerst verwegenen Anlauf – wohl dem dreißigsten oder vierzigsten – den Zaun zu überspringen.

«Großartig!» rief Tochter Mensch applaudierend aus. «Der kann das – wie eine Katze!»

«Was wohl», vermutete ihr Vater anerkennend, aber nicht ganz unbesorgt, «der wahre Zweck der Übung sein könnte.»

Denn weil er seine Wolli kannte, glaubte er zu durchschauen, was hier geschah: diesem raffiniertesten aller Katzenwesen ging es um nichts Geringeres als den phantastischen Versuch, den Hund Anton in einen Kater zu verwandeln!

In einen Kater, der möglicherweise sogar einem Attila gewachsen war.

23. Mit Attila leben?

Wollis Plan war schlechthin genial. Anton, dieser kraftvolle kleine Kerl, war nicht nur mutig und robust, er war auch gelehrig und schlau. Wenn es gelingen sollte, ihm die geschmeidigen Kampfmethoden einer Jagdkatze beizubringen – dann war für die Verteidigung des Hauses schon viel gewonnen. Doch das brauchte gewiß seine Zeit. Und die gab es hier nicht. Das ließ Attila nicht zu. Kaum hatte er sich seine letzten Wunden gesundgeleckt, kroch er erneut aus seiner Berghöhle hervor, und sein erstes Ziel war das Haus in der Via San Michele. Einmal, um sich zu zeigen – er fühlte sich dennoch als Sieger; dann aber auch, um nach seiner Siegesbeute Ausschau zu halten. Er suchte Barby!

Dabei ging Attila diesmal nahezu lautlos vor. Es war, als sause er wie ein schneller, graugelber Schatten durch den Garten, um seine Anwesenheit zu demonstrieren – den Katzen gegenüber. Die Menschen merkten nichts davon, und für Anton war er einfach noch zu schnell. Ehe er ihm nachsetzen konnte, war Attila auf einen Baum gesprungen, von dort auf einen anderen – und damit über den Zaun hinweg.

Doch inzwischen waren die Nächte von Caslano brütend geworden – wie in jedem Jahr, wenn der Frühling nahezu übergangslos in den Sommer hineinglitt. Das jedoch bedeutete: das eine oder andere

Fenster dieses, wie wohl jeden Hauses blieb weit geöffnet. Geradezu einladend weit – für Attila!

Gewiß, bisher hatte Attila sich noch nie in ein Haus hineingewagt. Doch selbst dabei, witterte Wolli, mußte es bei ihm nicht für immer bleiben. Zumindest wußte sie dies: Attila war entschlossen, an Barby heranzukommen; also war er auch bereit, jedes Hindernis auf seinem Weg zu überwinden.

Was selbst für ihn gar nicht einfach war. Denn Mutter Mensch isolierte Barby, jeweils kurz vor der Abenddämmerung, im großen Mittelzimmer. Anton, der zu Beginn dieser Nächte immer unruhiger wurde, mußte im Bad bleiben, wo er sämtliche erreichbaren Handtücher an sich zog und sich darauf legte. Die anderen Tiere hatten im Haus freie Bahn. Doch an diesem Abend hockte Wolli nicht, wie üblich, interessiert vor dem Fernsehapparat. Sie schien spurlos verschwunden zu sein. Wubbel gleichfalls. Spatzel auch. Also stand ein ungetrübt schöner Fernsehabend für Menschen in Aussicht – sofern man eine solche Veranstaltung überhaupt als schön bezeichnen kann.

Danach begab sich Mutter Mensch, begleitet von Muckel, in ihr Schlafzimmer. Dort angekommen, erblickte sie, mitten auf der Felldecke ihres Bettes liegend – Attila. Gespannt, gewaltig, streitbar.

«Was willst du denn hier?» rief sie ihm zu.

Attila zeigte seine scharfen Zähne und zuckte hoch wie eine Kobra. Seine Scheinwerferaugen suggerierten Triumph. Er gab Töne von sich, die seine Selbstherrlichkeit andeuteten. Er war hier wer!

Denn unter dem Bett, auf dem er sich drohend aufrichtete, hockten Spatzel, Wubbel und Wolli. Sie stießen sanft winselnde Töne aus, wie um Beistand flehend. Schnuff war klugerweise auf das Nachbargrundstück geflüchtet, obwohl er damit in den Bereich der kläffenden, angriffslustigen Terrierin geraten war.

Mutter Mensch jedenfalls empfand beim Anblick ihrer drei verstörten, schreienden Katzen hellste Empörung. «Verschwinde hier – sofort!» schrie sie Attila an.

Und obwohl Wolli, unter dem Bett hervorschauend, schnelle, warnende Laute ausstieß, versuchte die menschliche Herrin des Hauses sich handgreiflich zu behaupten. Das, glaubte sie wohl, war sie sich und ihren Tieren schuldig.

Sie machte also Anstalten, Attila ganz einfach aus ihrem Schlafzimmer hinauszuwerfen. Der jedoch fauchte sie feindselig an – mit schreckerregender Lautstärke. Doch wohl wirkungslos. Denn Mutter Mensch versuchte, nach ihm zu greifen.

Daraufhin jedoch stürzte sich Attila direkt auf sie. Er schnellte sich ihr wildwütig entgegen und verbiß sich in ihren Unterarm.

Sie versuchte, ihn von sich zu schleudern. Er fiel auf das Bett zurück, um sie von dort aus unverzüglich abermals anzuspringen. Diesmal landete er auf ihrer

Brust, wo er sich würgend festkrallte. Beide taumelten zu Boden. Mutter Mensch gelang es nur mühsam, Attila von sich zu stoßen. Mit grell triumphierendem Fauchen sauste er ins Freie.

Die Folgen dieser unvorhergesehenen Schlafzimmerschlacht waren verheerend. Etwas Unglaubliches war geschehen. Es hatte tiefe, anhaltende Depressionen zur Folge – nicht nur bei den Tieren des Hauses, sondern auch bei den Menschen, zumal die Herrin des Hauses und erklärte Freundin aller Tiere, besonders der kleinen, nicht unerheblich verletzt war. Nicht nur seelisch, sondern auch ganz realistisch: die Gefahr einer lebensgefährlichen Blutvergiftung war nicht auszuschließen. Stundenlang hatte es den Anschein, als könne sie einen Arm verlieren.

Wobei alle Katzen winselnde Klagelaute von sich gaben.

24. Jede Nacht hat ein Ende

Anton, der katzenfreundliche Hund, hatte auch diese Nacht im Badezimmer eingesperrt verbringen müssen. Zu seinem Glück, war wohl zu vermuten; das schien auch Wollis Ansicht zu sein. Denn sein Training reichte noch nicht aus, um einen Kampf mit Attila zu bestehen.

Doch die Zeit drängte. Der kraftvolle Wildkater würde bestimmt wiederkommen! Möglich daß seine verwegene Kühnheit ihn selbst nicht wenig erschreckt hatte – doch das war gewiß nicht von Dauer. Auch möglich, daß Attila die entschlossenen Verteidigungsmaßnahmen der Hausbewohner erkannt hatte.

Vater Mensch ließ die Türen zur Terrasse an den Abenden weit offen, doch in ihrer Nähe stand griffbereit ein starker Reisigbesen. Und seine Lesestunden hielt Vater Mensch in einem Sessel unmittelbar daneben. Gewiß waren das sehr bemühte Maßnahmen, über die Wolli nicht einmal lächeln konnte. Sie wußte: Attila besaß entschieden die größere Ausdauer.

Mit wohlwollender Nachsicht betrachtete Wolli das Idyll im Krankenzimmer der Hausfrau. Der Hund Muckel lag wie ein unermüdlicher Wächter zu Füßen ihres Bettes. Auf der Decke hockte schnurrend das Spielkind Spatzel. Aber auch Wubbel, die Schwarzprächtige, wie auch Barby, die Weißleuchtende, fanden sich ein – nahezu traulich vereint; doch das war wohl nur ein zeitbedingter Waffenstillstand.

Wolli jedoch hatte andere Sorgen und Absichten. Sie konzentrierte sich auf das Katzentraining des Hundes Anton, bei dem sich der Kater Schnuff als ein unermüdlicher Partner für alle noch ausstehenden Lektionen erwies. Und das waren noch einige:

Der Anlauf: so kurz wie möglich. Konzentriert hervorschnellend, mit federnder Kraft der Beinmuskeln.

Der Sprung: niemals einfach nur hoch oder weit. Vielmehr ganz gezielt. Von Punkt zu Punkt.

Der Kampf: dabei war eine Beschädigung der Beine zu vermeiden. Unter keinen Umständen durfte man den Kopf hinhalten. Am sichersten war, sich in den Nacken des Gegners zu verbeißen. Denn nur so konnte man ihn wirkungsvoll herumschleudern.

«Was treibt ihr denn da?» wollte Vater Mensch neugierig wissen. Er war von seiner Tochter auf das, was sich da abspielte, aufmerksam gemacht worden. Und dank Wolli kannte er seine Katzen gut genug, um zu wissen, daß man ihre Eigenwilligkeiten hinnehmen mußte, auch wenn man sie sich nicht ganz erklären konnte.

Doch diesmal schien Wolli bereit, ihn aufzuklären. Sie sah ihn groß an und lenkte seinen Blick dann mit einer hinweisenden Kopfbewegung auf Kater Schnuff, der in gespannter Haltung dastand. Unmittelbar hinter ihm: Anton. Wolli stieß einen leisen Laut aus.

Das war das Startsignal. Der Kater Schnuff fegte durch den Garten, sprang an einem Baum hoch, zu einem zweiten hinüber und überwand das «Hindernis Drahtzaun» in Sekundenschnelle. Unmittelbar nach seiner Demonstration trat Anton in Aktion – mit gleicher Sprungkraft, mit ähnlicher Geschicklichkeit, gleich einem fortgeschnellten Pfeil.

Und Vater Mensch verstand – selbst für Wolli überraschend schnell – was ihm da zugespielt worden
war. Unverzüglich erlöste er Anton von seinem
nächtlichen Badezimmerdasein. Er durfte fortan
Wachhund sein. Und das war er mit Wonne, der
Nacht entgegenfiebernd, in der Attila wieder kommen würde. Und Attila kam, zum entscheidenden
Kampf entschlossen.

Sicherlich war er so gut wie auf alles vorbereitet:
auf paarweise kampfbereite Katzen, sogar auf ver-
teidigungsbereite Menschen, deren mangelnde Be-
weglichkeit ihn jedoch nie hatte irritieren können.
Nur eine Möglichkeit hatte der Kater nicht voraus-
gesehen, und die traf nun hier ein: die Begegnung
mit einem Hund!

Einem Hund, der sich ihm stellte! Gewiß, Attila
kannte ihn. Er hatte ihn bei seinen Ausspähunter-
nehmungen entdeckt und auch schon von weitem zu
hören bekommen. Doch was war schon ein kleiner,
kläffender Köter in den Augen eines Wildkaters, der
schließlich nachweisbar schon mit ganz anderen
Hundebestien fertig geworden war?

Mit diesem frechen Bastard würde Attila kurzen
Prozeß machen. Er schnellte fast lautlos vor, mit
ausgestreckten Krallen, die er auf Anton herunter-
sausen zu lassen gedachte. Doch er stürzte ins Lee-
re. Denn der Hund hatte sich nicht, was Hunde in
einer solche Situation gewöhnlich tun, zurückgezo-

106

gen oder vorwärtsbewegt – er war im allerletzten Augenblick zur Seite gesprungen!

Und damit befand er sich in guter Angriffsposition, die sofort genutzt wurde: Anton versuchte seinerseits, den Kater anzuspringen – was ihm freilich auch nicht vollendet gelang. Denn Attila, der erfahrene Kämpfer, rollte sich mit einer blitzschnellen Bewegung seitwärts. Doch er wurde unverzüglich verfolgt und erneut angegriffen. Dabei landete Anton mit dumpfem Aufprall mitten auf Attilas Bauch. Attila raffte sich schnell empört fauchend auf und erreichte nach einigen geschickten Kreuz- und Quersprüngen eine neue Angriffsposition. Und mit gesträubten Haaren und flatternden Augen brachte er eine seiner Spezialitäten an: den Drehsprung.

Dabei handelte es sich um ein Meisterstück der Täuschung, das nur von wenigen Katzen beherrscht wird – zumeist von Katern. Auch Schnuff kannte sich damit aus: zunächst ein ganz direktes, scheinbar pfeilgerades Vorschnellen; doch mitten im Sprung beginnt sich der bereits in der Luft befindliche Körper zu drehen, um dann an einer Stelle zu landen, die der Gegner nicht vorausahnen kann.

Anton jedoch, von Schnuff erfolgreich trainiert, hatte im gleichen Augenblick wie Attila gleichfalls zu einem Drehsprung angesetzt. Und wenn er ihn auch nicht gerade in klassischer Vollendung ausführte, so doch mit geballter Muskelkraft. Noch in der Luft prallten beide heftig aufeinander, wobei Attila unter

Anton zu liegen kam. Und der schnappte nach den Hinterbeinen des Katers.

Attila schrie hell empört auf. Er versuchte sich freizubeißen – was ihm nur mit Mühe gelang. Dann ergriff er die Flucht – in schon mehrfach erprobter Weise: zunächst auf einen Baum, von dort zum nächsten, also über den Zaun hinweg. Er landete auf der Straße, die in den schützenden Bergwald führte – sein gewohntes, felsiges Revier.

Doch bevor Attila dorthin gelangen konnte, prallte er erneut auf Anton. Der hatte, wie von Schnuff gelernt, gleichfalls den Zaun übersprungen, war also als erster auf dem neuen Kampfplatz angelangt. Was praktisch hieß, daß nunmehr er die Oberhand gewann: er stürzte sich auf den maßlos überraschten Attila, verbiß sich in dessen Nacken und begann ihn vor sich hin- und herzuschleudern, bis er um Gnade zu flehen schien.

Auch Anton respektierte instinktiv, was ihm weder von Wolli noch von Schnuff beigebracht worden war – was aber gewiß, nicht nur bei Katzen, als grundsätzliche Kampfregel gilt: Man muß, man darf nicht gleich töten, nur um seine Überlegenheit zu beweisen. Eine Unterwerfungsgeste genügt.

Jedenfalls zog sich Attila wieder in seine Berghöhlenwelt zurück. Zwar wurde er dann noch mehrmals in Caslano gesehen – doch nie mehr in der Via San Michele.

Der siegreiche Hundekater Anton sonnte sich in seinem gewiß einzigartigen Erfolg. Er streckte auf der Terrasse alle vier Beine ins Licht und ließ sich von den Katzendamen des Hauses ausgedehnt bewundern. Spatzel streckte ihm liebevoll ihre rosarote Nase entgegen, Wubbel umwallte ihn verlockend; Barby versuchte sich dankbar an ihn zu schmiegen. Er war sogar bereit, die stattlichen Sonderrationen, die er bekam, mit seinem erklärten Freund Schnuff zu teilen. In Maßen, wie sich versteht.

Wolli jedoch schien Vater Mensch befriedigt anzulächeln. Dann näherte sie sich ihm, strich ihm um die Beine und machte mit den Vorderpfoten eine Geste, die zu sagen schien: «Na, siehst du, Mensch?»

Danach ging sie fischen.

Hans Hellmut Kirst

Die Nächte der langen Messer

Roman

408 Seiten, Lin.

«Kirst gelingt es, gewisse Bedingungen jener mörderischen Treue und jenes selbstverleugnenden Ge-
horsams des Schwarzen Ordens zu verdeutlichen,
die es noch heute ehemaligen SS-Mitgliedern ermög-
lichen, sich frei von Schuld und Mitschuld zu fühlen. Unter diesem Gesichtspunkt ist der Bericht über
die ‹Nächte der langen Messer› sogar ein sehr not-
wendiges Werk.» *Österreichischer Rundfunk*

Hoffmann und Campe

Hans Hellmut Kirst

Alles hat seinen Preis

Roman

440 Seiten, Lin.

«Ein sicheres Erfolgsrezept: die Spannung eines Kri-
minalromans, die Indiskretion eines Schlüsselromans
und die pessimistische Grundstimmung einer Ge-
sellschaftskritik.»   *Deutsche Presse-Agentur*

Deutschland deine Ostpreußen

Ein Buch voller Vorurteile
Mit Zeichnungen von Erich Behrendt

184 Seiten, Lin.

«Dieses Buch ist uns auf die Haut geschrieben.»
                         Das Ostpreußenblatt

Hoffmann und Campe